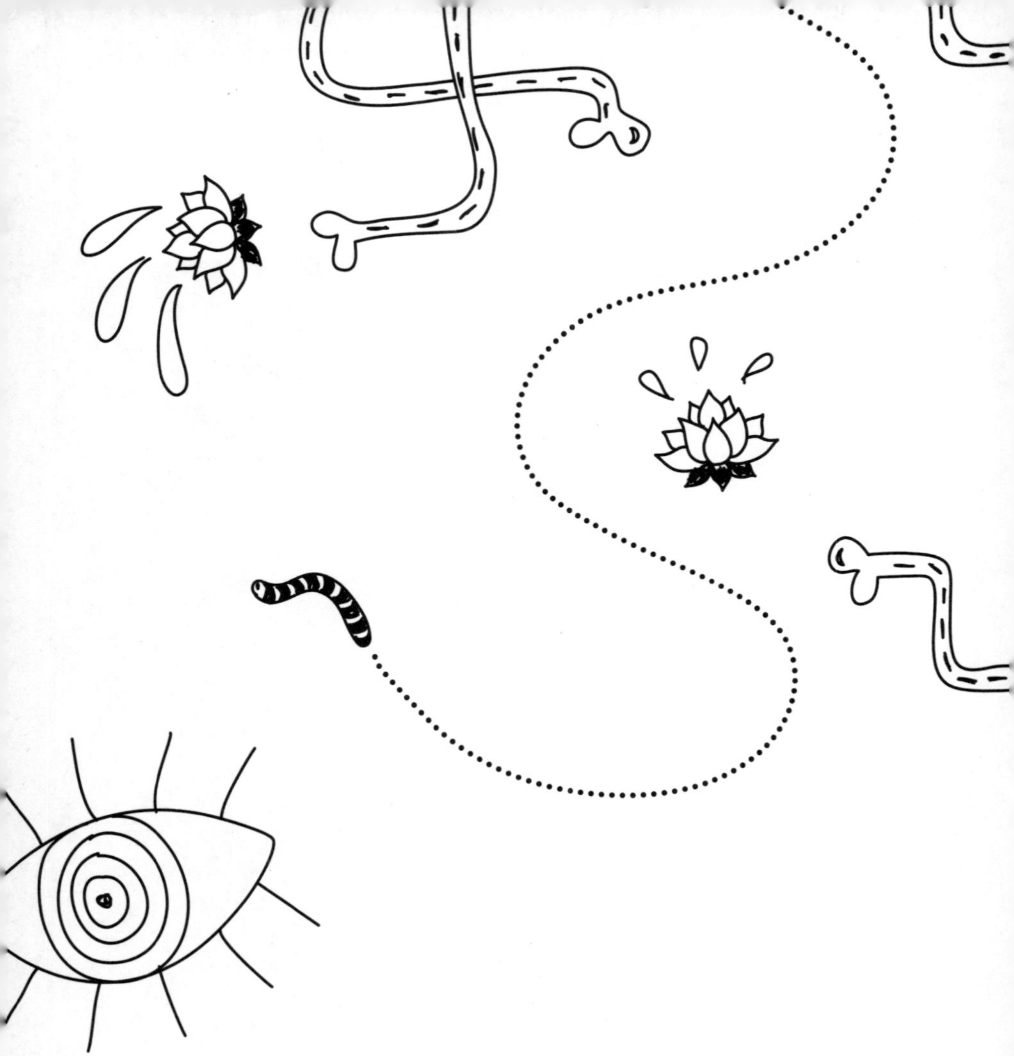

Journal d'une Peste

Tome 10

Restons ZEN !

VIRGINY L.SAM

Illustré par MARIE-ANNE Abesdris

La Martinière j.
FICTION

Mise en pages : Marie-Anne Abesdris.

ISBN : 978-2-7324-9732-7

Conforme à la loi n° 49-956 du 16 juillet 1949 sur les publications destinées à la jeunesse.

Déjà parus :

Journal d'une peste, Tome 1 : Moi ? un ange !

Journal d'une peste, Tome 2 : Amoureuse, moi ? JAMAIS !

Journal d'une peste, Tome 3 : Bonjour l'ambiance !

Journal d'une peste, Tome 4 : Y a pas de hasard...

Journal d'une peste, Tome 5 : C'est le bouquet !

Journal d'une peste, Tome 6 : Vive les vacances !

Journal d'une peste, Tome 7 : En avant la musique !

Journal d'une peste, Tome 8 : C'est grave, docteur ?

Journal d'une peste, Tome 9 : Avis de tempête !

Hors-séries :

Journal d'une peste à écrire toi-même

Ton été de peste - Journal à remplir

Nouvelle lubie
Obsession
Panique à bord !

Nouveauté du moment : maman et sa grande copine Martine Vanier ont engagé <u>UN PROF DE YOGA</u> particulier pour donner des cours dans notre salon. Alors que le dimanche matin, dans toutes les familles normales, c'est **grasse matinée**, chez nous, à partir de maintenant, ce sera **position du lotus** et **mantra**.

Aujourd'hui, c'était la première séance et on a tous été obligés de participer. À bas la dictature !

Guillaume, le prof, est arrivé avec un énorme sac sur le dos.

Il en a sorti des tapis pour tout le monde et une enceinte en forme de tête de Bouddha pour diffuser sa musique **super chiante**.

* Bonjour ! en langue yoga

Je ne sais pas si c'était le cas de tous les tapis, mais le mien sentait l'étable . Un genre de mélange d'odeurs de pieds, de caoutchouc et de sueur périmée. Mes narines ne s'en sont toujours pas remises !

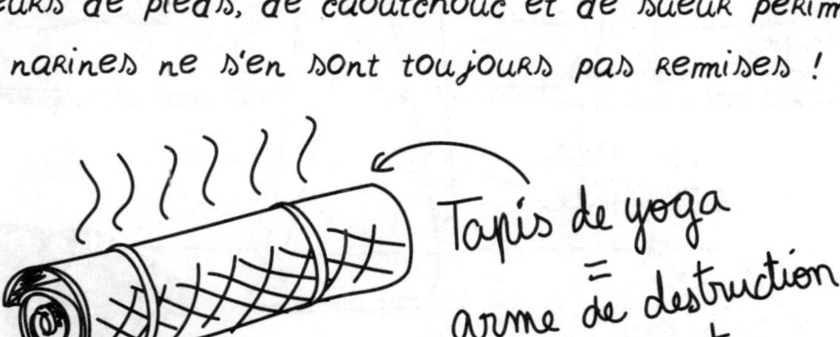

On s'est tous répartis dans le salon. Évidemment, **maman et Martine** se sont installées au premier rang, comme deux fayottes. **Eva, Gwenaëlle, Kevin et Jean-Luc** se sont placés derrière, et **papa et moi** tout au fond.

Tête de mon père quand il n'est vraiment pas motivé
Ma tête quand je ne suis vraiment pas motivée
GROS AIR DE FAMILLE, NON ?
Kevin en short de bain???
Concentration maximale chez Jean-Luc
Martine hyper impatiente

Puis, Guillaume nous a demandé d'adopter des tas de postures plus bizarres les unes que les autres. C'ÉTAIT HORRIBLE. À part Eva qui s'était endormie sur son tapis, on était tous en souffrance. Je ne vous raconte pas le tableau ! Vu de l'extérieur, ça ressemblait plus à un concours de grimaces qu'à un cours de yoga.

Après environ dix minutes de TORTURE ,
papa a quitté la pièce, prétextant un coup de téléphone urgent pour son travail. **Comme par hasard !**

Pour info :

Ça fait douze ans que je fréquente mon père et je ne l'ai jamais vu avoir la moindre contrainte professionnelle un dimanche.
Pff ! Et dire qu'à moi, on m'interdit de mentir...
Bonjour l'égalité adultes-enfants !

La séance de yoga a duré une heure et demie. Une éternité ! SURTOUT QUAND ON SOUFFRE.

Recensement des douleurs ressenties

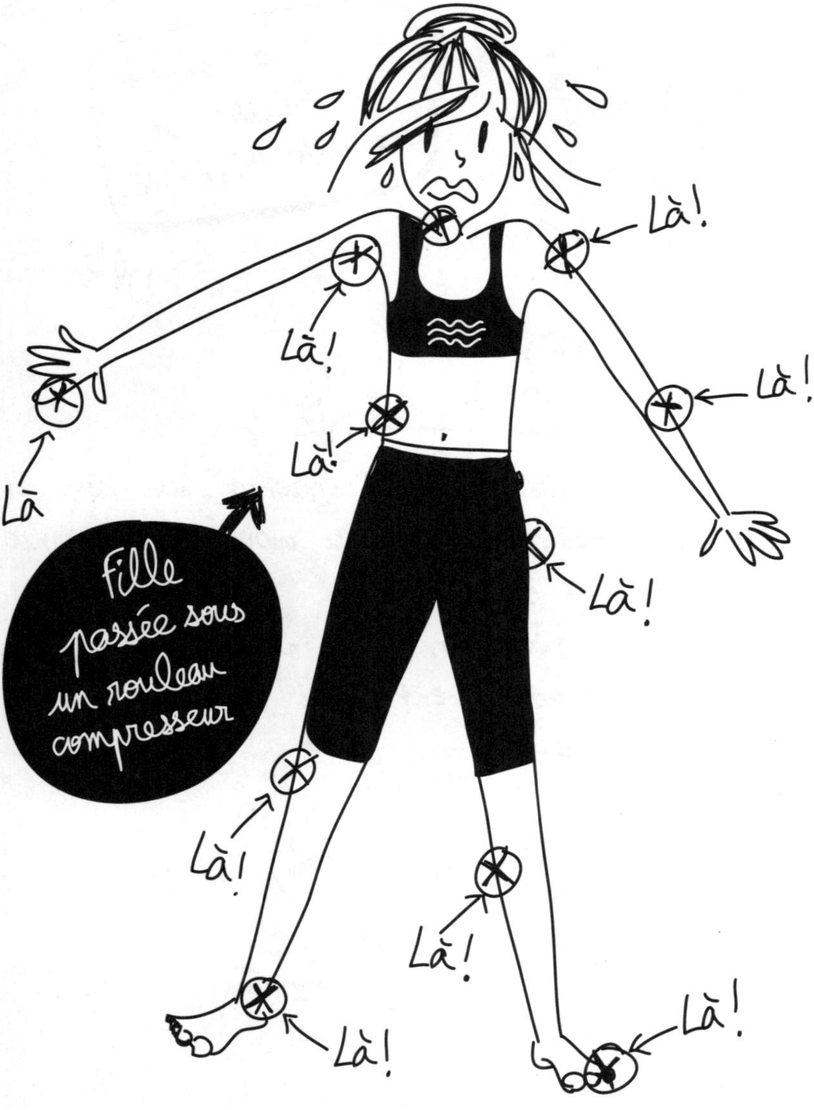

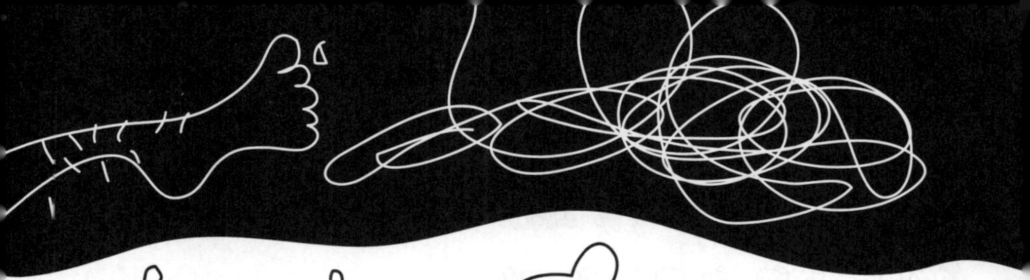

LE SQUELETTE DE GUILLAUME NE DOIT PAS ÊTRE FAIT D'OS COMME LES NÔTRES.

Il ne pourrait pas se contorsionner comme il le fait s'il était normalement constitué. Par exemple, il peut mettre son pied derrière sa nuque sans se luxer la hanche ou plier son dos en deux sans se briser la colonne.

Question : une opération pour faire remplacer ses os par du chewing-gum, est-ce que ça existe ? Parce que si oui, c'est sûrement ce que ce type a fait.

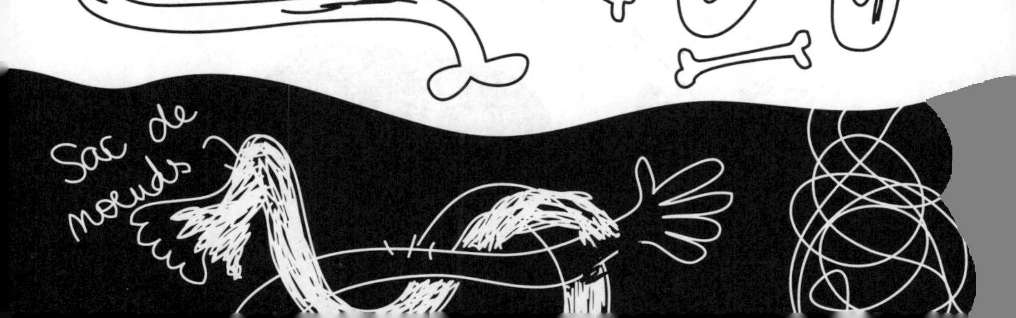

Quand ça s'est ENFIN terminé, on en avait presque tous marre. Je dis « presque » parce que maman et Martine, elles, en ont redemandé.

Ces deux-là sont tellement en admiration devant Guillaume ♡ qu'à mon avis, si elles étaient célibataires, elles le demanderaient toutes les deux en mariage.

Pour ma part, je trouve ce type plutôt LOUCHE. Surtout depuis qu'il a dit très sérieusement qu'il avait déjà lévité.

MAIS BIEN SÛR !
Et moi, j'ai passé mes dernières vacances sur Saturne dans la famille de E.T. !

RAISONS qui incitent certains

DES BOBARDS

Attention, branchez vos radars à mensonges !

BESOIN DE SE FAIRE MOUSSER

pour donner l'impression d'être plus intéressant que tout le monde.

Je lévitais.

Ce week-end, j'ai sauté d'un satellite en **parachute.**

EXTORQUER DE L'ARGENT À QUELQU'UN.

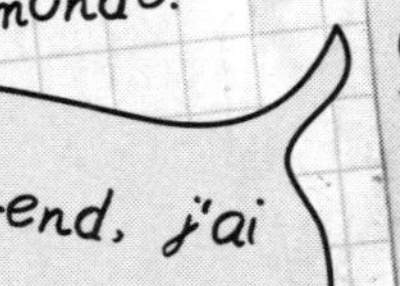

Dans ma boule de cristal, je vois que votre arrière-grand-père adoré va bientôt **ressusciter...**

150€ pour cette révélation 100 % FIABLE !

adultes À RACONTER plus gros qu'eux

DRAGUER.

Vous avez la bouche la plus **cosmique** que j'ai jamais vue.

TROP BIDON le compliment !

ÊTRE PARENTS.

Apparemment, ce statut suffit à justifier tous les mensonges faits aux enfants !

Pendant que tu dormiras, **une petite souris** viendra chercher ta dent.

JUSTE POUR LE PLAISIR D'EMBÊTER LES AUTRES.

Bien sûr qu'il est essentiel **pour votre avenir** de savoir ce qu'est une proposition subordonnée complétive !

TYPE DE MENSONGE TRÈS RÉPANDU CHEZ LES PROFS.

Pour clore la séance, Guillaume nous a servi une décoction à base de racines.
Couleur pipi et **odeur de foin**, ça faisait vraiment très envie !

Depuis la fois où j'avais bu la tasse après être tombée dans un étang plein de vase, je n'avais rien bu d'aussi IMMONDE. J'ai failli tout recracher sur le tapis.

Personnellement, sauf pour empoisonner un ennemi, JAMAIS je ne servirais une chose pareille à qui que ce soit.

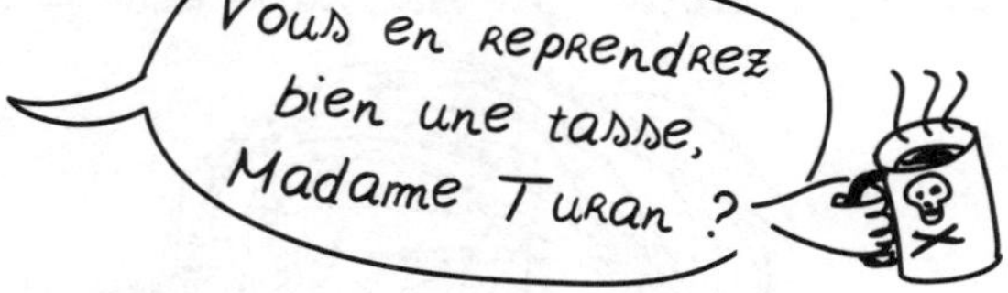

Et pourtant, Martine et maman ont trouvé ça délicieux.

Pour ne pas avoir à finir ma tasse sans devoir négocier cinq heures avec Guillaume qui prétend que c'est bon pour la santé, je me suis écriée :

Et quand tout le monde s'est retourné pour regarder, j'ai vidé ma tasse dans la terre du bonsaï préféré de maman.

ET HOP ! plus de tisane dégueu, ni vu ni connu.

Le problème c'est qu'après, tout le monde m'a regardée comme si j'étais à moitié folle. Il faut dire qu'un paon qui fait la roue sur la rambarde d'un balcon au quatrième étage… Je ne sais pas d'où m'est venue cette idée débile.

La prochaine fois, je choisirai un truc plus crédible : un couple de pigeons qui se bécotent ou une pie qui mange un ver, par exemple.

BREF, j'ai dû me justifier en disant que j'avais sûrement eu UNE VISION à cause de mon cerveau que certaines positions de yoga avaient mis à l'envers.

Martine s'est tournée vers maman, l'air vraiment inquiète. Elle ne lui a rien dit avec des mots (sûrement parce que j'étais à côté), mais dans ses yeux on pouvait lire :

« Qu'est-ce que t'attends pour faire interner ta fille ?! »

Heureusement, Guillaume est venu à mon secours.

Ensuite, Jean-Luc s'est resservi une décoction. Comme c'était compris dans le prix de la séance, il en a repris SIX FOIS. Depuis nos vacances à la ferme, cet été, on sait à quel point Jean-Luc est radin*.

Et, comme tout radin digne de ce nom, il raffole de tout ce qui est GRATUIT (même si c'est dégoûtant).

Ce qu'avait oublié de préciser Guillaume, c'est qu'à haute dose, **sa tisane a des vertus laxatives**.

Du coup, la famille Vanier est restée chez nous une bonne partie de la journée car, chaque fois qu'ils voulaient rentrer chez eux, Jean-Luc devait retourner aux toilettes.

Bref, en plus d'avoir SUBI une séance de yoga traumatisante pour tout mon corps, j'ai eu Kevin sur les bras pendant des heures.

*Voir le tome 6 de mon journal.

Et ce boulet en a profité pour me faire un compte rendu exhaustif du livre qu'il est en train de lire : un pavé intégralement consacré aux HIPPOCAMPES !

J'ai fini la journée sur les genoux. Épuisée physiquement à cause du yoga et psychiquement à cause de Kevin.

MERCI LE DIMANCHE POURRI !

Moi, z'ai bien aimé la zym sur les tapis avec le monsieur bizarre. C'est passé vite.
Forcément, tu roupillais comme un loir, minette.
Position de la tortue

BONNE PESTOLUTION N° 36

TOUJOURS s'arranger pour échapper aux activités bidon imposées par ses parents le dimanche.

Par exemple, en faisant en sorte d'être prise en otage quelque part ce jour-là ou en ayant suffisamment de fièvre pour être obligée de rester au lit.
Aidons nos pauvres parents à comprendre que **le dimanche est un jour OFF**. Même en ce qui concerne leur droit de domination sur nous !

LA FIN DE MARCUS

Dead !

Kaput !

Décédé !

L'image de la moitié de **MARCUS** LE CACTUS gisant au fond de la poubelle de THÉO me hante. Normal, si on considère que Marcus est le premier être vivant que **THÉO** ♥ et moi ayons élevé ensemble*.

En plus, depuis ce matin, l'autre moitié de **MARCUS**, dont je suis responsable, se porte très mal aussi. Il s'est fait sauvagement agresser par Nounouche.

*Voir le tome 8 de mon journal.

Cette chatte idiote pourchassait un papillon de nuit  et, lorsque celui-ci s'est posé sur **MARCUS**, Nounouche s'est jetée dessus en oubliant qu'il y avait un truc qui pique en dessous.

RÉSULTAT : TROIS VICTIMES.

1) **MARCUS**. Il est maintenant plié en deux avec les racines sorties de terre.

2) **Nounouche.**

Ses coussinets ont été ravagés par les épines de cactus et j'ai dû les lui retirer une à une avec une pince à épiler. **Ça lui a fait SUPER MAL.**

3) **Moi.**

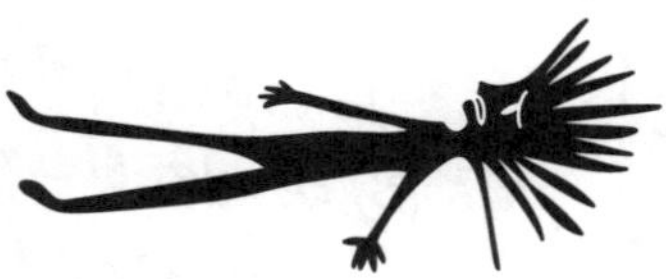

Le papillon de nuit est sorti indemne de cette mésaventure alors qu'il aurait dû être le premier impacté... Encore une preuve que la vie sait être IMPRÉVISIBLE.

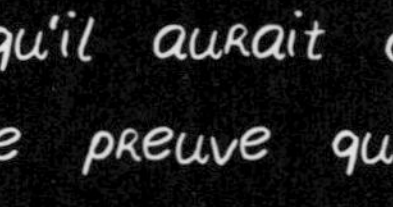

La vue de **MARCUS** à l'agonie m'a filé un coup au moral. Surtout que je viens de croiser Adèle, la sœur de **THÉO♥**, à l'épicerie, et qu'elle m'a confirmé ce que je craignais : **THÉO boude car, depuis que je l'ai espionné*, il n'a plus du tout confiance en moi.**

Confiance CASSÉE

=

Miroir CASSÉ

=

7 ANS DE MALHEUR !

Scénario catastrophe auquel je préfère ne pas penser.
(Tout simplement parce que dès que j'y pense, j'ai envie de disparaître sous terre.)

*Voir le tome 9 de mon journal.

Moi qui caresse depuis vingt minutes mon **lacet-bracelet** kaki, cadeau de **THÉO ♥** pour nos un mois d'amour. ♡ ♡ ♡ ♡

Caresser un lacet... Parfois je me demande si l'amour n'abîme pas un peu le cerveau

??

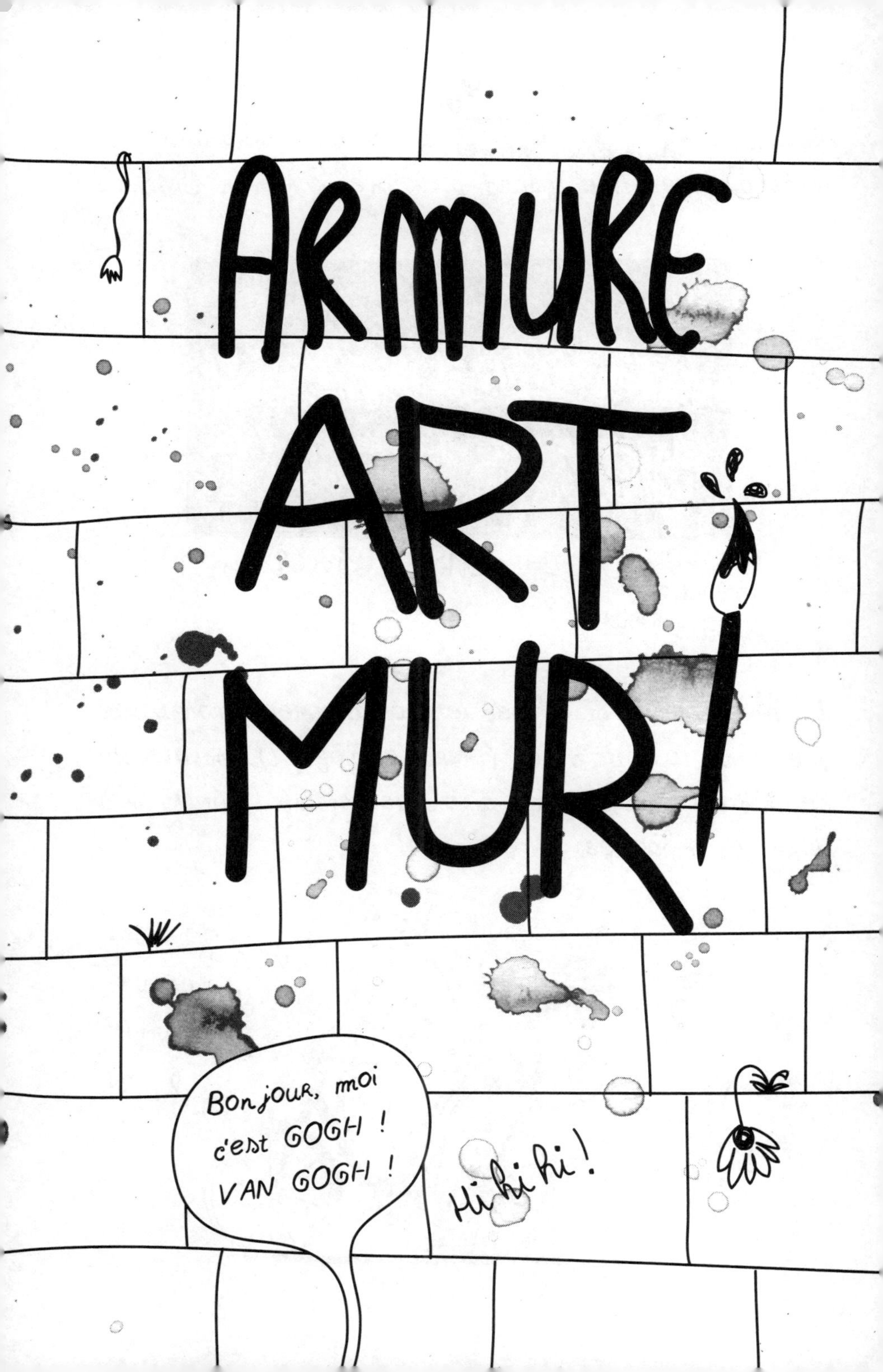
ARMURE
ART
MUR!
Bonjour, moi c'est GOGH ! VAN GOGH !
Hi hi hi !

Ce matin, **PÉPÉ GASTON** a encore emprunté le téléphone de Mme Briard pour m'envoyer un SMS.

Mon petit Churros, pourrais-tu m'apporter DE TOUTE URGENCE **trois sachets de madeleines** et **dix paquets de gaufrettes à la praline**, s'il te plaît ?

SMS de 9h02mn

Qu'est-ce qu'il manigance encore ?

Le problème, c'est qu'avec les courbatures atroces que j'ai dans tout le corps (merci le yoga !), impossible de pédaler jusqu'à la maison de retraite. Charly m'a donc accompagnée.

En arrivant devant le Clos des Sirènes, on a cru qu'on s'était trompés d'adresse tellement il y avait UNE AMBIANCE DE FOLIE. Musique, orangeade qui coule à flots et tous les pensionnaires dehors. Au départ, on n'a pas compris ce qui se passait.

Quand pépé nous a aperçus, il a fait de grands signes en agitant un pinceau plein de peinture fuchsia au-dessus de sa tête.

En fait, Rodolphe, le prof de dessin que PÉPÉ GASTON adore, est de retour au Clos des Sirènes. Et il a proposé aux pensionnaires de réaliser **une gigantesque fresque collective** sur la façade pour recouvrir l'inscription de Serguei*.

Les pensionnaires ne se sont pas fait prier. Je ne vous raconte pas **l'explosion de couleurs et de motifs** !
À mon avis, si t'es un peu fragile des yeux, cette fresque peut te rendre aveugle.

*Voir le tome 9 de mon journal.

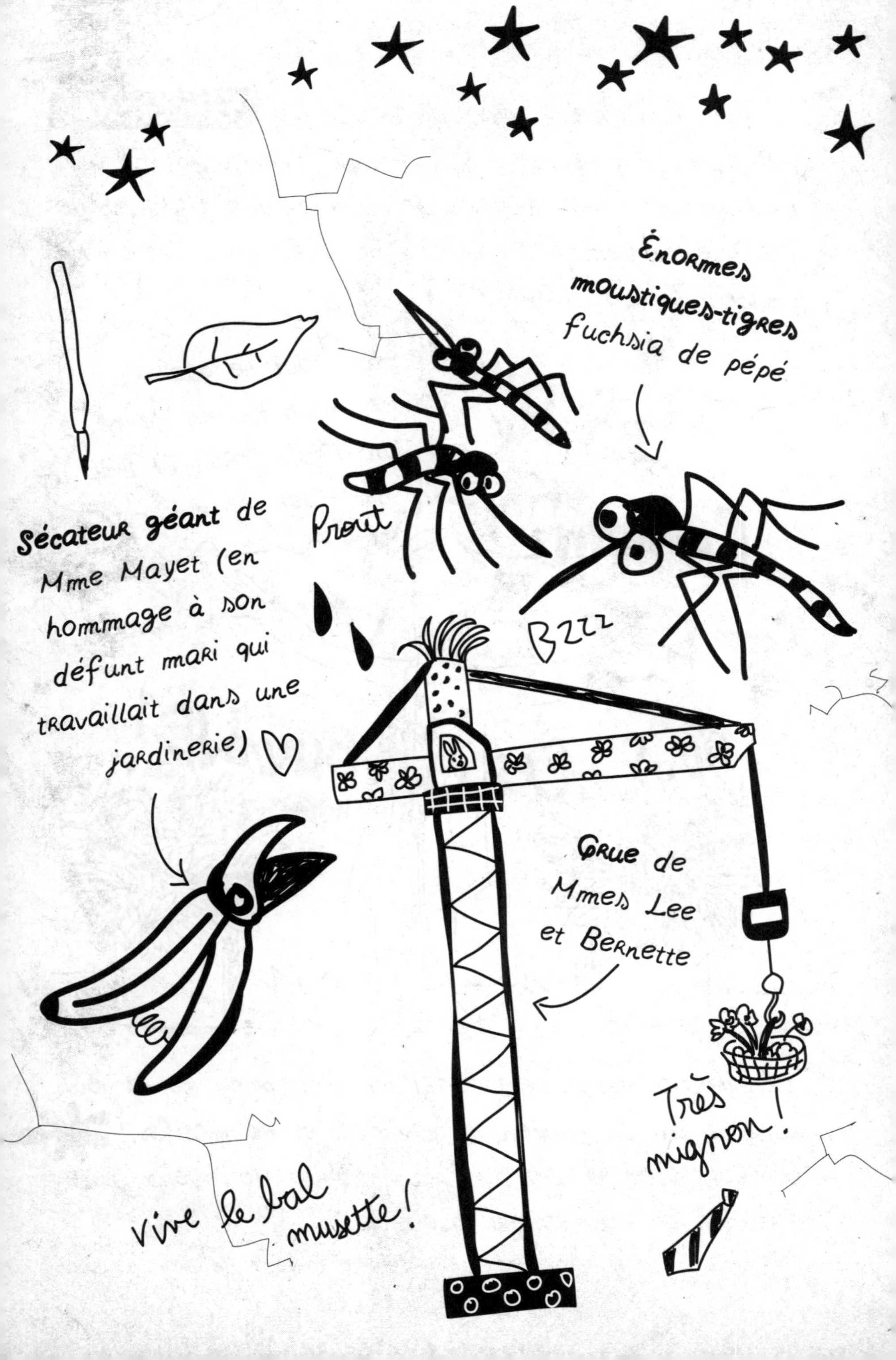
Énormes moustiques-tigres fuchsia de pépé
Sécateur géant de Mme Mayet (en hommage à son défunt mari qui travaillait dans une jardinerie)
Prout
Bzzz
Grue de Mmes Lee et Bernette
Très mignon!
Vive le bal musette!

Ciel étoilé peint par Rodolphe, le seul à être encore en âge de monter sur une échelle
Pyramides rouges de M. Grivallet
Coucou, c'est Josette
Pas très propre ce coloriage !
Ce mur aurait sa place dans une galerie de STREET ART, non ?

Avec Charly, on a aidé pépé à terminer ses moustiques (il avait oublié les ailes !) et Mme Mayet à rattraper le manche de son sécateur qui ressemblait à une banane.

Quand la fresque a été terminée, la directrice, Mme Crispine, est arrivée en sautillant.

Et, en plein centre, elle a peint **une GROSSE forme noire.** Quand elle a eu fini, elle s'est tournée vers nous pour savoir si on avait reconnu ce qu'elle avait dessiné.

Il y a eu un long silence.

•••

Euh...

Moi, j'avais bien une petite idée, mais je n'en étais pas super sûre. Comme personne ne disait rien, j'ai quand même levé la main.

Tout le monde a éclaté de rire. À cause du mot **CROTTE**, évidemmment. Car, étant donné la moyenne d'âge des personnes présentes, la plupart ignorent ce qu'est un **emoji**.

Mme Crispine, vexée, m'a fusillée du regard et a rétorqué : « **Vous devriez peut-être emprunter les lunettes de votre grand-père, mademoiselle, car il s'agit d'une tulipe noire de Hollande. LA PLUS BELLE FLEUR DU MONDE !** » Puis elle est repartie s'enfermer dans son bureau.

1 MÉDAILLE

de la confusion la plus mignonne de l'année

Une chose ≠ Une autre

Décernée à : Mme Bernette pour sa phrase :

Moi, j'en mange une poignée chaque matin, des emojis. D'après les Tibétains, ça ralentit le vieillissement.

Hi hi, Mme Bernette confond **EMOJIS** et **BAIES DE GOJI**.

Trop marrante !

Par **Fannette**, présidente de la Confrérie des Pestes

INFO:

EMOJIS

≠

BAIES DE GOJI

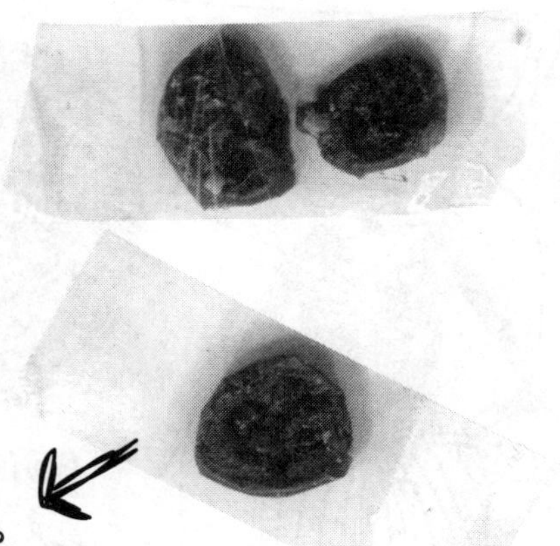

Petits fruits qui se mangent séchés. Un peu comme des raisins secs, mais tout rouges.

Rien à voir !

Une fois dans sa chambre, pépé nous a expliqué la nouvelle extravagance de Linette. Il y a deux jours, la grand-mère de **THÉO** ♥ a entamé un genre de **GRÈVE DE LA FAIM**. Une action en faveur de son combat pour une alimentation plus saine au Clos des Sirènes.*

*Voir le tome 9 de mon journal.

Évidemment, pépé trouve cette idée de grève de la faim complètement NULLE.

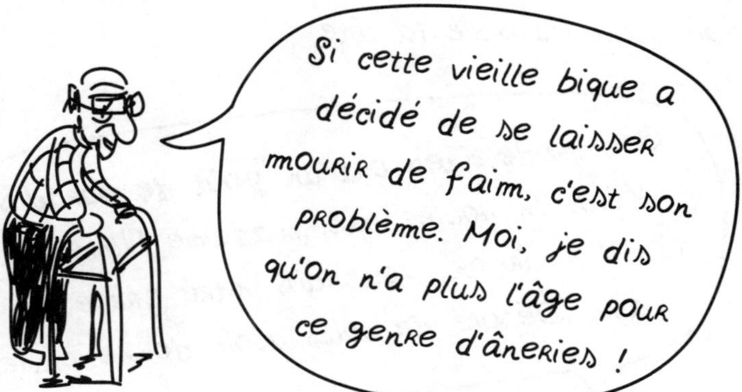

Du coup, il a inventé un nouveau concept : **LE ZÈLE DE LA FAIM**. Le principe : manger même quand il n'a pas faim. D'où ma livraison de madeleines et de gaufrettes.

Avec Charly, on a eu beau questionner pépé plusieurs fois, impossible d'obtenir la moindre information sur l'utilité de son zèle de la faim.

C'est seulement lorsqu'on s'est retrouvés à attendre l'ascenseur avec Linette qu'on a compris l'idée que pépé avait derrière la tête.

En fait, pépé a inventé le concept de zèle de la faim uniquement pour pouvoir faire saliver SON ENNEMIE NUMÉRO 1 chaque fois qu'il la croise au détour d'un couloir.

Bref, la fin des hostilités entre ces deux-là n'est pas pour demain. Quand je pense qu'il n'y a pas si longtemps, je rêvais que **THÉO** ♥ et moi soyons les témoins du mariage de sa mamie Linette avec mon **PÉPÉ GASTON** ♥... 👎 NUL!

Comment entretenir quoti- avec sa PIRE ENNEMIE

Page rédigée en collaboration avec **PÉPÉ GASTON**

LA CONTREDIRE TOUT LE TEMPS

même quand elle a super raison.

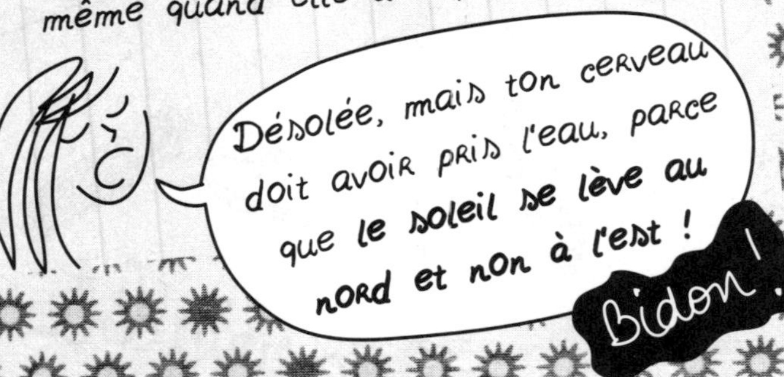

DÉPOSER CHAQUE JOUR UNE CHOSE DÉGOÛTANTE SUR LE PAS DE SA PORTE.

Un fromage moisi, une carcasse de poulet, une crotte, le contenu d'une boîte de cassoulet...

Vache !

-dienNement les hostilités

- NE LUI ADRESSER LA PAROLE QUE POUR DIRE DES CHOSES DÉSAGRÉABLES.

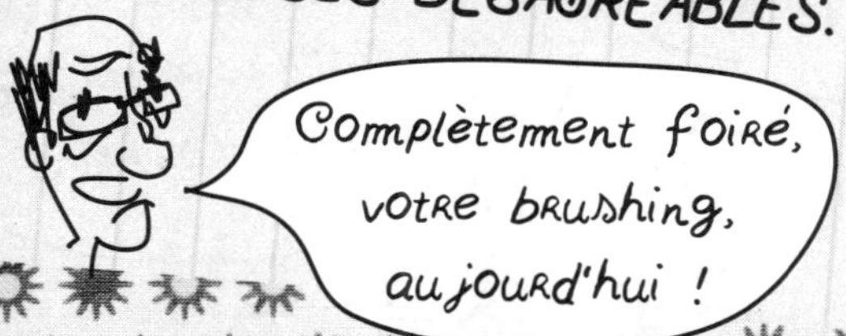

- BOUSILLER LES OBJETS AUXQUELS ELLE TIENT LE PLUS.

Par exemple, lui emprunter son stylo préféré et lui rendre avec le bout tout mordillé.

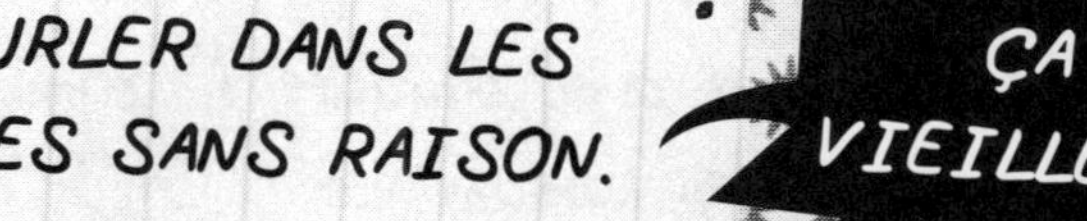

- LUI HURLER DANS LES OREILLES SANS RAISON.

Surtout si elle porte un sonotone.

(Idée de pépé Gaston que je trouve un peu nulle, mais il y tenait tellement.)

Avant de quitter le Clos des Sirènes, j'ai absolument voulu faire quelque chose.

Il n'avait pas fini sa phrase que j'avais déjà peint **un gros coeur rouge avec l'initiale T comme THÉO** en plein centre. Trop romantique ! ♡ ♡

Mais Mme Crispine est arrivée pour arroser les rhododendrons et on a dû filer avant que j'aie pu signer mon œuvre.

Coeur
anonyme

Un cœur peint sur une façade, ça, c'est une preuve d'amour DURABLE. (Contrairement à ce pauvre MARCUS qui a fané au bout de quelques semaines.) Peut-être même que, quand ce sera notre tour, à **THÉO** ♥ et à moi, de venir habiter au Clos des Sirènes, il sera toujours là...

Petits vieux trop mignons !

Idée trop EXCITANTE qui me donne presque envie d'être vieille tout de suite !

Hihi !

M. Grivallet a décidé de soutenir l'action de Linette en entamant, lui aussi, une grève de la faim.

Il a arrêté de manger à neuf heures après son petit déjeuner. Sauf qu'à seize heures, il se jetait sur le goûter.

AU VOLEUR !

Rien ne va plus, au collège. Depuis quelque temps, il y a **des vols à répétition** en salle des profs. Des casiers ont été pillés et pas mal de choses ont disparu.

Du coup, dans les couloirs, le CPE, M. Bouchard, nous regarde d'un sale oeil. Un peu comme si on était tous des bandits.

La principale, Mme Martinetti, se prend carrément pour une vigie. Hier, on l'a vue à la fenêtre du deuxième étage avec un genre de longue-vue.

Yûji a fait une photo avec son téléphone et, à l'aide d'une appli, on a ajouté la coque d'un bateau en bas de l'image. Résultat, on dirait un pirate qui scrute l'horizon en quête d'un vaisseau à dépouiller.

En tout cas, je trouve ça vraiment abusé que ce soit nous, les élèves, qui soyons les premiers soupçonnés. Alors qu'il est cent fois plus probable que le coupable soit une personne qui a un accès autorisé à la salle des profs. DONC... UN PROF !

Ce matin, pendant la récréation, l'assistante de la principale a punaisé une grande affiche sur le tableau d'information du préau. Puis, elle a pris son air de chien féroce pour faire une annonce dans le mégaphone.

LISTE DES CHOSES DÉROBÉES en salle des professeurs par des individus malveillants

- LUNETTES de M. Chassagne. 
- FEUTRES SUPERLUX de M. Jeunet. 
- BIOGRAPHIE DE MOZART appartenant à Mme Lamy. 

- ARGENT LIQUIDE DE LA COOPÉRATIVE SCOLAIRE. 
- BISCUITS AU SÉSAME de M. Sevran. 
- TUBE DE CRÈME POUR LES MAINS de Mlle Lumet. 

- GOURDE ISOTHERME À MOTIFS THÉORÈME DE PYTHAGORE de M. Ferronet. 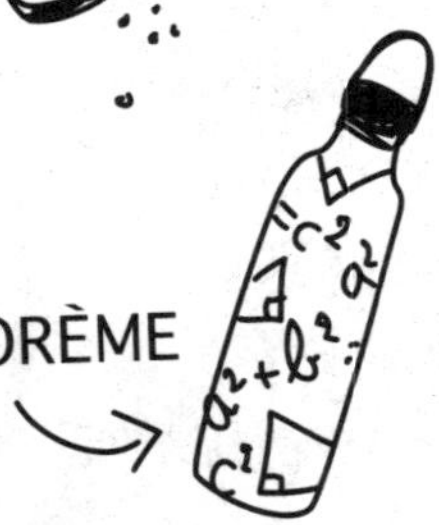

- *BONNE HUMEUR de Mme Turan.*

Ça, c'est moi qui l'ai ajouté, hi hi.

Ces vols au sein de notre établissement scolaire sont inacceptables et NE RESTERONT PAS IMPUNIS ! Je m'y engage personnellement.

Mme MARTINETTI
Principale du collège Jules Ferry

Martinetti

Message personnel à l'attention du (ou des) coupable(s) :

JE VOUS RETROUVERAI !

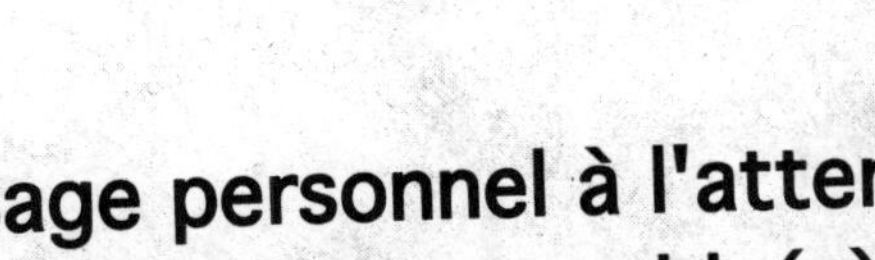

La team des SUPER-FAYOTTES de ma classe en mode agents du FBI section W.C.
(Marylin, Lola et Marguerite)
Moi, j'suis sûre que c'est un coup des troisièmes ! Vu qu'ils ne seront plus là l'an prochain, ils se croient tout permis.
Tout à fait d'accord. On devrait parler de cette théorie à Mme Martinetti.

Et lui suggérer de mettre des caméras de surveillance partout ! Comme ça, finis les problèmes de vols.
Euh... mais ça veut dire qu'avec Vladimir, on ne pourra plus s'embrasser en cachette sans être filmés ?
Bah oui, Lola, la justice est plus importante que l'amour !
Moi, en mode espion qui fait pipi

En sortant du collège, avec les copains, on est allés commander le cadeau d'anniversaire de Chloé car la grande soirée qu'elle organise à cette occasion, c'est samedi.

Impatience extrême !

J-4

Charly, Blaise, Linda, Yûji, Maeva et moi, on s'est cotisés et on a demandé à l'oncle de Blaise (qui est confiseur) de confectionner **un phare en bonbons de la taille de Chloé**, c'est-à-dire 1 m 46. Il nous a fait un croquis de ce que ça donnera : ça va être génial !

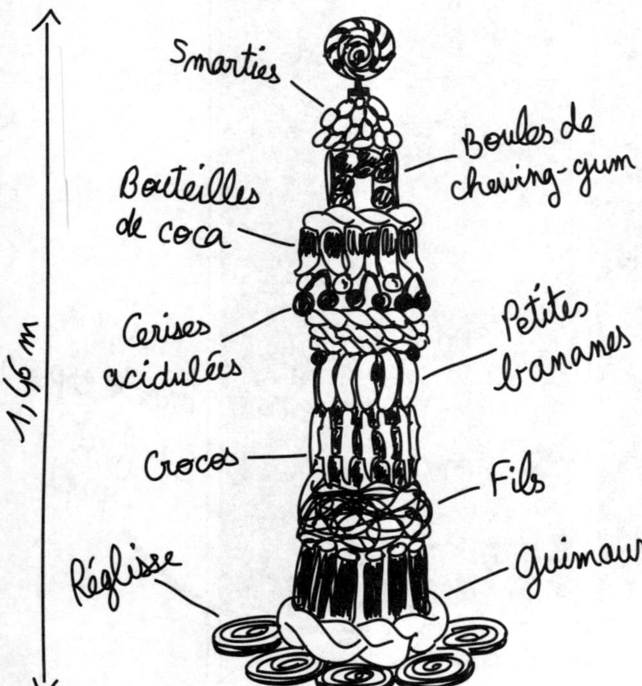

Chloé va adorer !

VIVEMENT SAMEDI !

Surtout que j'ai une mission essentielle à accomplir pendant cette soirée :

reconquérir THÉO ♥ coûte que coûte.

D'ailleurs, j'ai inventé une super tactique de séduction pour l'occasion. Tactique que j'ai baptisée : **danse de l'algue prise dans un courant.**

Tactiques INFAILLIBLES pour ne voie QUE TOI pendant

L'HYPNOTISER AVEC UNE DANSE ENSORCELANTE.

PORTER UNE TENUE CLIGNOTANTE.
Ce qui l'éblouira au sens propre comme au sens figuré. (Attention quand même de ne pas trop ressembler à un sapin de Noël...)

SE DÉBROUILLER POUR QU'IL N'Y AIT QUE DEUX PERSONNES PRÉSENTES À CETTE FÊTE D'ANNIVERSAIRE : TOI ET LUI.
Tactique la plus efficace de toutes, mais compliquée à mettre en œuvre !

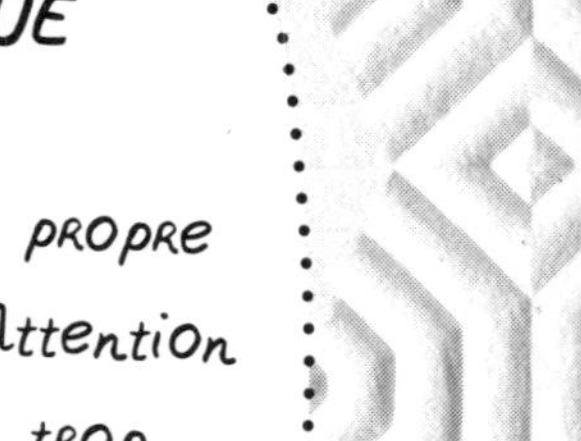

que le garçon de tes rêves
une fête d'anniversaire

SE FAIRE REMARQUER EN FAISANT UN TRUC QUE PERSONNE NE FAIT : BOIRE SON ICE TEA PAR LE NEZ, PAR EXEMPLE.

VENIR DÉGUISÉE EN UNE CHOSE QU'IL AIME PARTICULIÈREMENT : en hippocampe pour Kevin Vanier ou en baguette de batterie pour **THÉO** ♥. Mais cette tactique comporte un risque : être plus ridicule qu'irrésistible.

TACTIQUE À ÉVITER (pourtant souvent utilisée par les filles de notre âge) : **rire bruyamment en remuant ses cheveux même quand il n'y a rien de drôle.** Trop naze !

Changement de programme

Papa et maman partent demain pour une semaine à la montagne. Ils vont s'occuper de **Mamina** (la mère de papa) qui doit se faire opérer de la hanche. Hier, elle est tombée en faisant ses carreaux et les médecins se sont aperçus que sa hanche était trop usée pour continuer à la porter. Ils vont donc la lui remplacer par une hanche en plastique. ?

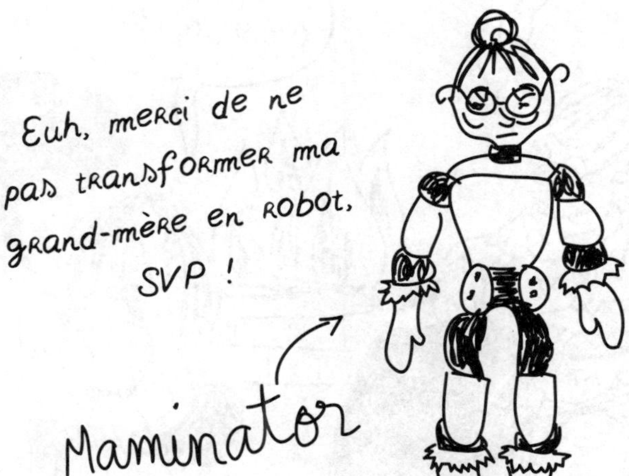

Il faut dire que Mamina ne ménage pas son corps. Malgré son âge, elle danse le rock au dancing une fois par mois et elle skie encore très régulièrement. Bon, évidemmment pas en godille sur des pistes noires, mais elle fait du ski de fond avec ses copines en bas de la station.

Quand papa et maman nous ont annoncé la nouvelle, malgré mon inquiétude pour la santé de Mamina, j'ai tout de suite pensé au bonheur de vivre une semaine

SANS PARENTS.

Je me suis aussitôt imaginé plein de trucs SUPER :

- Regarder la télé jusqu'à deux heures du matin.

- Inviter des copains à un goûter géant à base de chips et de mini-saucissons.

- Ou encore essayer tous les rouges à lèvres de maman sur les joues d'Eva.

Mais papa m'a calmée tout de suite.

Hein ?

QUOI ?

Quelqu'un a parlé ?

Avec Eva, on s'est regardées, horrifiées. Cohabiter une semaine entière avec tante Sophie, la sœur bizarre de papa que lui-même ne supporte pas plus d'une demi-heure... Pourquoi pas nous envoyer tout de suite EN ENFER !

Mais vous voulez notre MORT !
Pourquoi c'est pas Fannette qui nous garde, elle est grande ?
Exactement, j'ai douze ans, je suis presque adulte !
Et puis Sophie c'est aussi la fille de Mamina, alors pourquoi elle ne part pas avec vous ?!
En plus, moi, ze zure que ze serai super saze.
Détresse totale !

Mais les parents n'ont rien voulu entendre. Ils ont même avancé des tas d'arguments en faveur de leur décision. Et, évidemment, aucun d'entre eux ne prenait en compte les principales personnes concernées par la situation : **EVA ET MOI.**

De toute façon, quand les parents ont une idée dans la tête, rien ne sert de discuter, ILS N'EN DÉMORDENT JAMAIS !

Devinette

Quel est le point commun entre :

1. Une idée dans la tête d'un parent.
2. Une puce dans le cou de Nounouche.
3. Une bernique sur un rocher.
4. Une verrue sur le menton de Mme Turan.

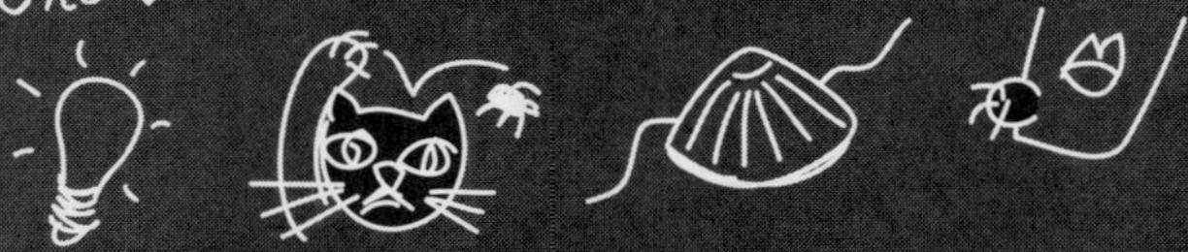

Réponse : toutes ont la même façon très pénible de S'AGRIPPER !

Papa dit que c'est sûrement parce que tante Sophie n'a ni mari ni enfant que son animal de compagnie porte un nom d'humain... N'empêche que **Fabien**, comme nom de chien, C'EST VRAIMENT NUL ! Comme nom d'humain aussi, d'ailleurs.

TOP 5 des pires baby-sitters du monde

SI TES PARENTS EMBAUCHENT L'UNE DE CES PERSONNES POUR TE GARDER :

- soit ils ne t'aiment pas,
- soit ils sont sous l'effet d'une drogue très puissante,
- soit ils sont très égoïstes (comme les miens).

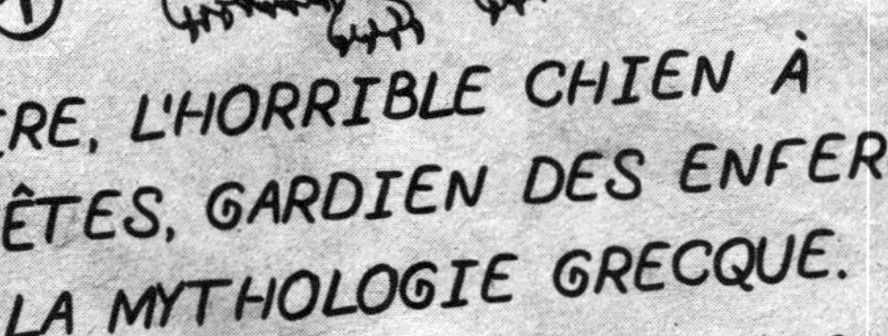

① CERBÈRE, L'HORRIBLE CHIEN À TROIS TÊTES, GARDIEN DES ENFERS DANS LA MYTHOLOGIE GRECQUE.

Si tu lui désobéis, il te déchiquette en trois morceaux et t'avale tout cru.

② VOLDEMORT

Pour un rien, il t'envoie ses potes serpents.

③ MME ~~TURAN~~ TYRAN

Te hurler dessus est déjà son activité préférée.

④ LA REINE DES NEIGES

Avec sa chanson en boucle, elle te fera regretter de ne pas être née sans oreilles.

⑤ TANTE SOPHIE

Plus à côté de la plaque qu'elle, tu meurs !

Avant l'histoire de la hanche de Mamina, j'ignorais que lorsque quelque chose dysfonctionne dans le corps, on peut le remplacer par une prothèse. 

EST-CE QUE ÇA MARCHE AUSSI POUR LES CERVEAUX ?

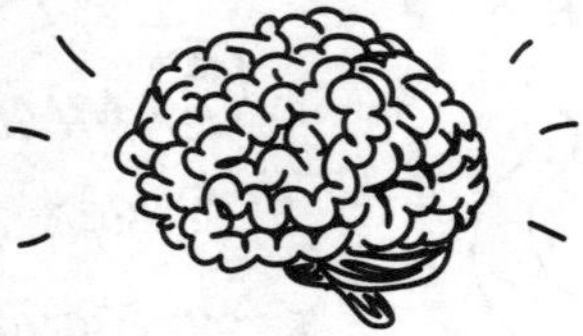

Si ce n'est pas encore le cas, je propose que **la famille Vanier** serve de cobaye.

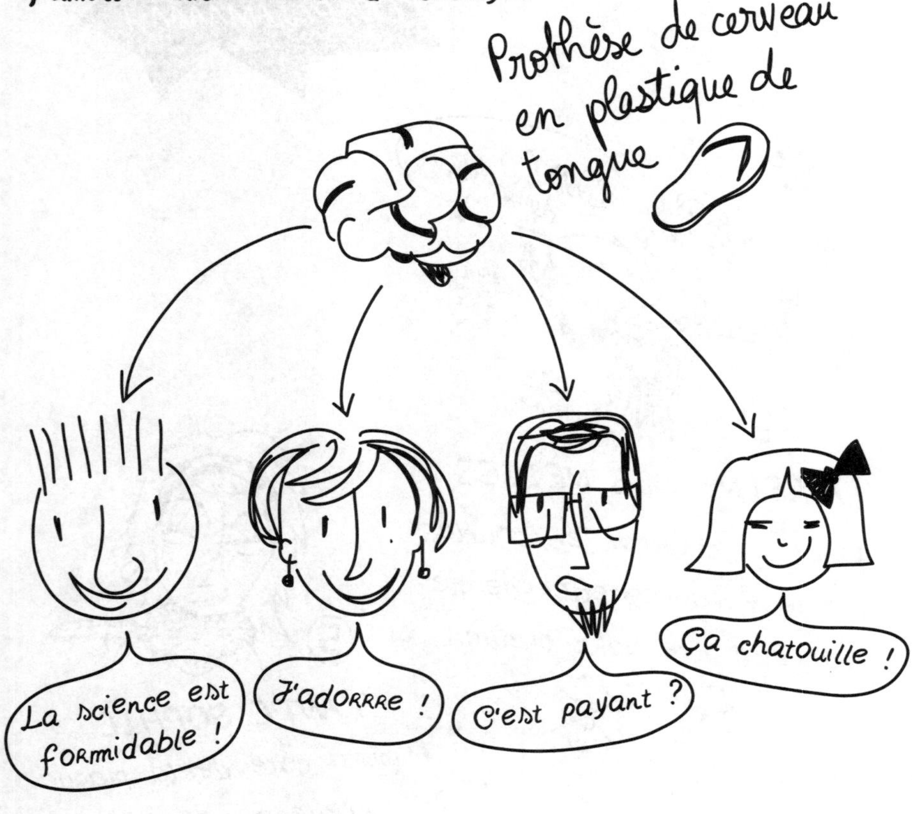

Depuis que je sais qu'on va remplacer la hanche de Mamina, une question me turlupine : **que va devenir sa vraie hanche après l'opération ?**

Est-ce que Mamina pourra la récupérer et la rapporter chez elle en souvenir ? Après tout, cette hanche lui appartient et il serait normal qu'elle seule décide de ce qu'on en fait, non ?

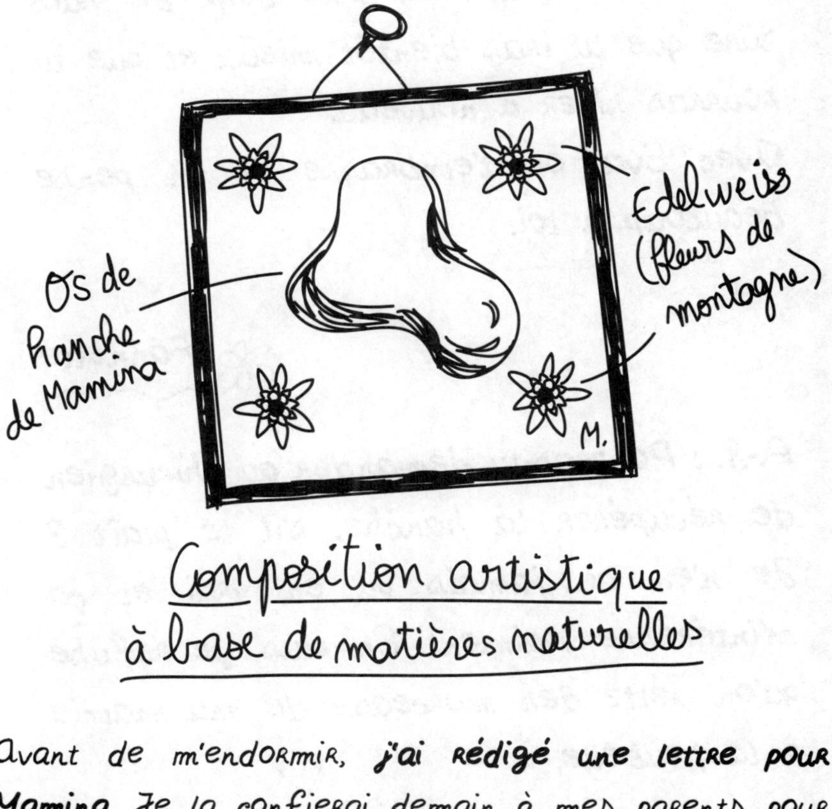

Avant de m'endormir, **j'ai rédigé une lettre pour Mamina**. Je la confierai demain à mes parents pour qu'ils la lui donnent de ma part.

Chère Mamina.

Je pense à toi très fort et j'espère que tu ne souffres pas trop. Je suis sûre que tu iras bientôt mieux et que tu pourras skier à nouveau.
Avec Eva, on t'embrasse et on pense beaucoup à toi.

Fannette

P.-S. : Pourras-tu demander au chirurgien de récupérer ta hanche, s'il te plaît ? Je n'en ai jamais vu en vrai et ça m'intéresse vraiment. En plus, je refuse qu'on jette des morceaux de ma mamie à la poubelle.

3h12 du matin!
OUINNNNNN ! Ze veux pas que le docteur ouvre Mamina en deeeeeeux !
Tellement dommage qu'il n'y ait pas de mode silence sur les petites sœurs...

GRIGRI PORTE-BONHEUR
offert par Maeva (parce
qu'elle n'en voulait plus)

Comme dans un MAUVAIS FILM

Aujourd'hui, Charly m'a montré un FILM D'HORREUR sur son téléphone. En réalité, il ne s'agissait pas vraiment d'un film d'horreur, mais ça a eu sur moi le même effet :

Pendant que j'étais en cours de théâtre avec Maeva, Maxine s'est battue avec une troisième. La fille venait de la traiter de DÉGLINGOS à cause de ses collants résille troués aux genoux. Et comme cette même fille lui avait déjà fait un croche-pied la veille dans le gymnase, Maxine s'est jetée sur elle. D'après Charly et Linda qui ont assisté à la scène, elles se sont battues COMME DES SAUVAGES.

« Tu vois quand deux lionnes se battent dans la taïga ? bah pareil ! »

Très vite un cercle s'est formé autour d'elles. Tout le monde regardait. Certains faisaient même des paris.

Effectivement, dans le film de Charly, Maxine a l'air vraiment hors d'elle. Mais, quand l'autre lui a fait un balayage façon Kungfu, elle s'est retrouvée par terre, la cheville bousillée.

Et c'est là que les images ont commencé à être *HORRIBLES* :

THÉO ♥ a accouru et, comme Maxine ne pouvait pas poser le pied par terre, **il l'a soulevée et portée dans ses bras**. Exactement comme les princes portent les princesses dans les contes de fées juste avant qu'ils s'embrassent et partent à tout jamais vivre heureux et faire plein d'enfants. Voilà ce que j'appelle une **image-hache**.

Image-hache Nom féminin désignant une image capable, d'un simple coup, de fendre ton cœur en deux. Comme si ton cœur n'était qu'une vulgaire bûche à jeter au feu.

Alors que THÉO ♥ se dirigeait vers l'infirmerie avec Maxine accrochée au cou, Charly a zoomé avec son téléphone. Et on voit très bien le nez de Maxine à deux centimètres de la peau du cou de THÉO.

Sauf que mettre son nez à deux centimètres de la peau de THÉO ULMER, si on ne s'appelle pas Fannette Barton, C'EST INTERDIT PAR LA LOI !

Quand le visionnage de ces images traumatisantes a été terminé, je me suis sentie comme un mollusque extrait de force de sa coquille : TOUTE FLASQUE.

Et si Maxine tombait amoureuse de THÉO ?
Sachant que cette fille obtient tout ce qu'elle veut, ce serait la PIRE nouvelle du siècle !

AAAAAAHHHHHHHH!!!

Drame intersidéral !

Cri mental de détresse

Quand j'étais petite comme Eva, je pensais que la nature était tellement bien faite qu'on ne pouvait pas être plusieurs à tomber amoureux ♡♡ de la même personne. Je croyais que chacun avait une âme sœur, et puis c'est tout.

Depuis, j'ai appris que, dans la vraie vie, rien n'est acquis. Qu'il faut se BAGARRER pour tout. Pff, rien que d'y penser, je suis épuisée !

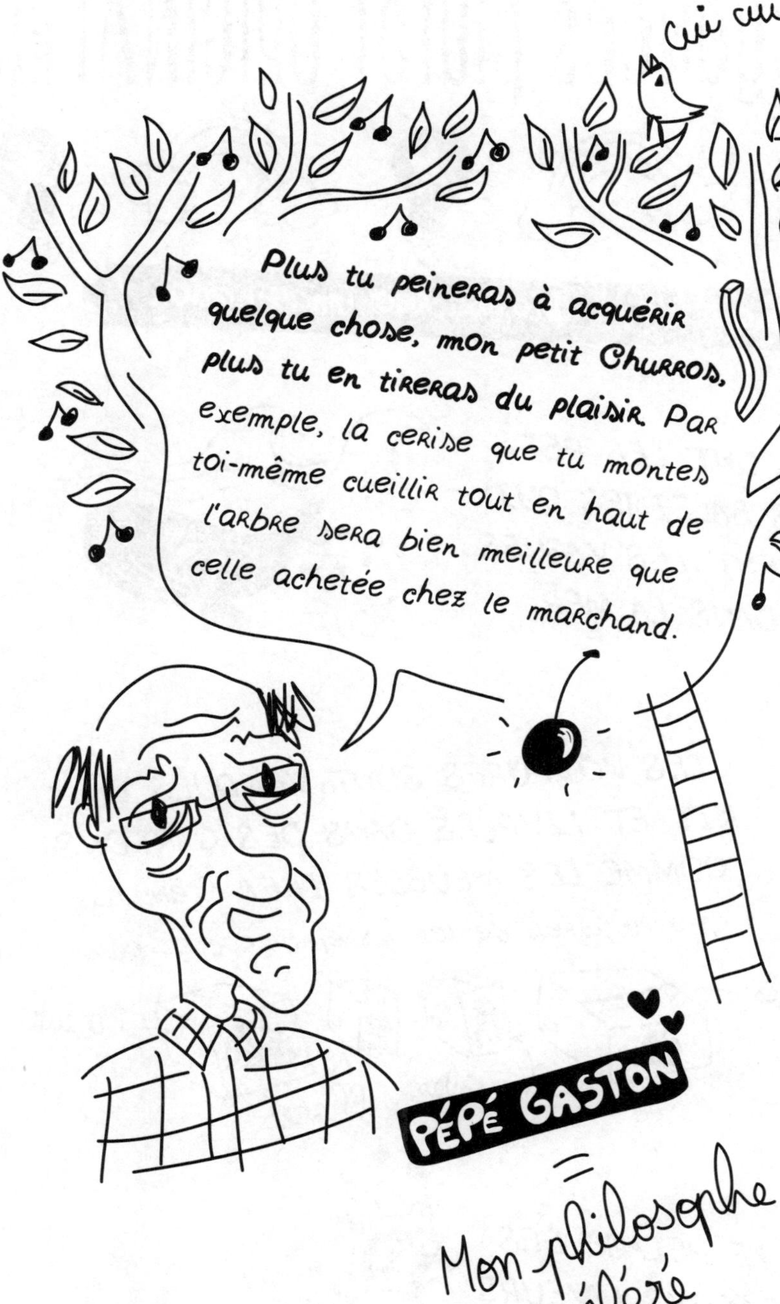
cui cui
Plus tu peineras à acquérir quelque chose, mon petit Churros, plus tu en tireras du plaisir. Par exemple, la cerise que tu montes toi-même cueillir tout en haut de l'arbre sera bien meilleure que celle achetée chez le marchand.
PÉPÉ GASTON
Mon philosophe préféré

Croyances plutôt ORIGINALES

J'avais déjà une sacrée imagination !

CE SONT LES PETS DES BALEINES QUI CRÉENT LES VAGUES DANS LA MER.

LES VOITURES SONT VENDUES EN KIT ET LIVRÉES DANS DES CARTONS COMME LES MEUBLES IKEA. C'est aux propriétaires de les assembler chez eux.

LE PELAGE DES RATONS LAVEURS SENT LA LESSIVE.

de mon enfance

EN ENTRANT DANS UN VOLCAN PAR SON CRATÈRE, ON PEUT RESSORTIR DE L'AUTRE CÔTÉ DE LA TERRE.

LE JAUNE DE L'OEUF, C'EST DU PIPI DE POULE.

LES MURS DE CERTAINES MAISONS SONT CONSTRUITS AVEC DES BISCOTTES EMPILÉES.

MES PARENTS SONT LES MEILLEURS PARENTS DU MONDE.

MDR !

Quand tante Sophie est arrivée à la maison, elle a commencé par **virer Nounouche** de son panier pour y **installer Fabien**.

Puis elle nous a fait asseoir, Eva et moi, sur le canapé.

Quand je lui ai demandé ce qu'elle entendait par cas **D'EXTRÊME URGENCE** et si **« aller voir des amis »** entrait dans ce cadre, elle m'a regardée comme si j'étais une extraterrestre. Puis elle a listé patiemment tout ce qu'elle considérait comme étant des cas d'extrême urgence.

- Rendez-vous chez le MÉDECIN.
- INVASION de puces de lit.
- TREMBLEMENT DE TERRE.
- INCENDIE.
- Explosion d'une CENTRALE NUCLÉAIRE à proximité.
- GUERRE MONDIALE.
- Chute de MÉTÉORITE...

Je sens que la semaine va être longue... TRÈS longue !

Heureusement, mes parents ont dit à tante Sophie que j'étais autorisée à aller à la fête de Chloé samedi soir. OUF !

Et, pour lui éviter d'avoir à venir me chercher, il est prévu que je dorme sur place

Cinoche de prof
Oh!
Bravo!
SVT Movie
ACTION!
Ça tourne!

Pour une fois que Mlle Lumet va nous emmener au cinéma, ce sera pour voir un documentaire super sérieux sur L'AGRICULTURE BIOLOGIQUE. Cui cui

Niveau 0 sur l'échelle du fun. Les profs ne font vraiment aucun effort pour nous faire plaisir. Et, comme par hasard, M. Sevran nous accompagnera.

Un film sur l'agriculture biologique qui se déroule en partie dans le milieu du sport ? Elle a vraiment cru qu'on allait gober ça ? C'est fou comme les profs (et plus largement les adultes) nous prennent pour de petits êtres naïfs. Si M. Sevran nous accompagne, c'est juste parce qu'il sort avec Mlle Lumet♡, tout le monde le sait.

Pour signifier qu'on n'était pas dupes, on a commencé à mettre le bazar dans la classe. Sébastien, Kevin et Benjamin ont braillé : « **OUH LA MENTEUSE, ELLE EST AMOUREUSE !** » Charly et moi, on s'est mis à fredonner la chanson que Mme Lamy nous fait travailler en musique ♫ et, en moins de trente secondes, toute la classe avait repris en chœur. (Sauf le clan des fayottes du premier rang, évidemment.)

Notre prof de SVT a piqué un FARD ÉNORME. à mon avis, le plus gros de toute sa vie. On ne voyait même plus la monture rouge de ses lunettes 👓 tellement la peau de son visage était écarlate, elle aussi.
Mlle Lumet était TELLEMENT gênée que, plutôt que de nous faire taire, elle a enchaîné sur son cours comme si de rien n'était.

Heureusement pour elle, la principale, Mme Martinetti, est entrée dans la classe. Elle venait nous présenter le nouveau gardien du collège : **M. MARCO**.

On s'est tous rassis précipitamment à nos places et on a pris nos airs de SUPER ÉLÈVES MODÈLES.

Si elle savait !

La dernière fois que Mme Martinetti était venue en classe nous présenter quelqu'un, c'était **GÉDÉON, le caméléon mascotte de Jules Ferry.** 
Malheureusement, le pauvre Gédéon avait disparu à peine une semaine après son arrivée. Personne n'a jamais su s'il s'était enfui parce que la vie au collège le déprimait ou si quelqu'un l'avait kidnappé.

D'ailleurs, Maximilien nous a bien fait rire quand il a demandé :

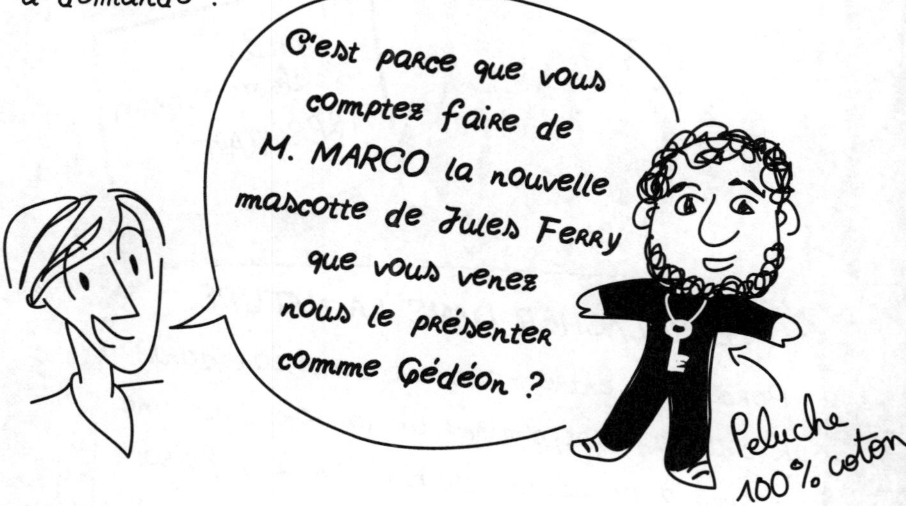

Évidemment, il s'est pris une heure de colle pour son insolence. Mais il est tellement habitué que ça ne lui a fait ni chaud ni froid.

Raisons pouvant motiver le

FAIRE UNE FARCE À UN COPAIN

en le glissant dans son lit.

LE VENDRE SUR LEBONCOIN

et se faire de l'argent de poche.

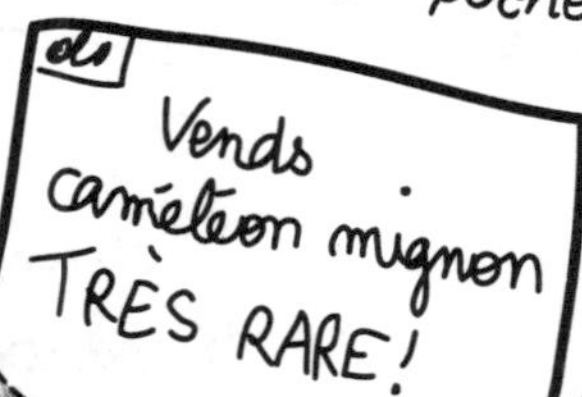

LE RELÂCHER DANS LA NATURE.

Parce que, entre nous, un caméléon dans un collège, c'est comme un lardon dans une crème à la vanille, ça n'a rien à y faire.

KIDNAPPING d'un caméléon

LE DRESSER À FAIRE DES SALTOS et entrer dans le Guinness des Records à la rubrique « **Dompteurs fous** ».

L'OFFRIR À LA FÊTE DES MÈRES. Cadeau méga original qui change du collier de nouilles.

RÉALISER L'EXPÉRIENCE QUE TOUT LE MONDE RÊVE DE RÉALISER : poser le caméléon sur un dessin ARC-EN-CIEL pour voir s'il devient, lui-aussi, ARC-EN-CIEL.

Et si M. Marco était en réalité un DÉTECTIVE embauché par le rectorat pour résoudre le mystère des vols en salle des profs ? Ça expliquerait qu'il passe dans les classes pour faire un état des lieux… Comme un genre de Sherlock Holmes infiltré à Jules Ferry, quoi.
THÉORIE BIEN FOIREUSE élaborée par un esprit paranoïaque.
Complot or not complot ?

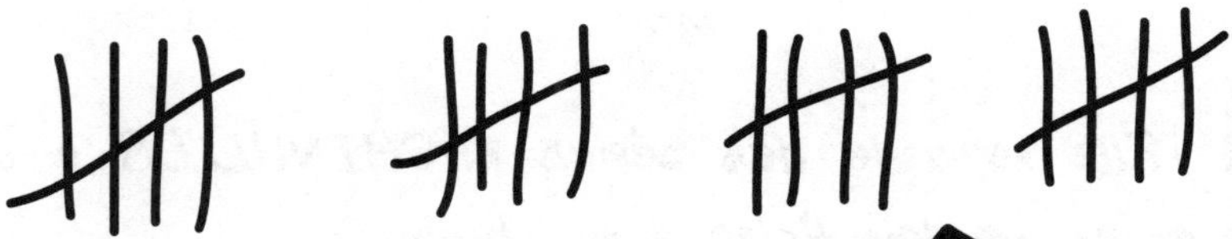

PRISONNIÈRES

Ça fait à peine 48 heures que tante Sophie est à la maison et, Eva et moi, on n'en peut déjà plus.

Cette femme a tout faux !

1 Elle regarde des séries ARCHINULLES à la télé et on ne doit faire aucun bruit.

N'IMPORTE QUOI ! Vu le degré zéro des dialogues et l'absence totale d'intrigue, même un poisson rouge dans le coma comprendrait l'histoire.

2 **Ça sent le CLOU DE GIROFLE jusque sous ma couette tellement elle met de parfum.** C'EST HORRIBLE ! Ce matin, Nounouche a même vomi ses croquettes sur le tapis et je suis quasiment certaine que c'est à cause de ça.

3 **Elle cuisine SUPER MAL.** Eva et moi, on vient de manger la PIRE purée de notre vie : pommes de terre, gingembre et poudre de cacao.

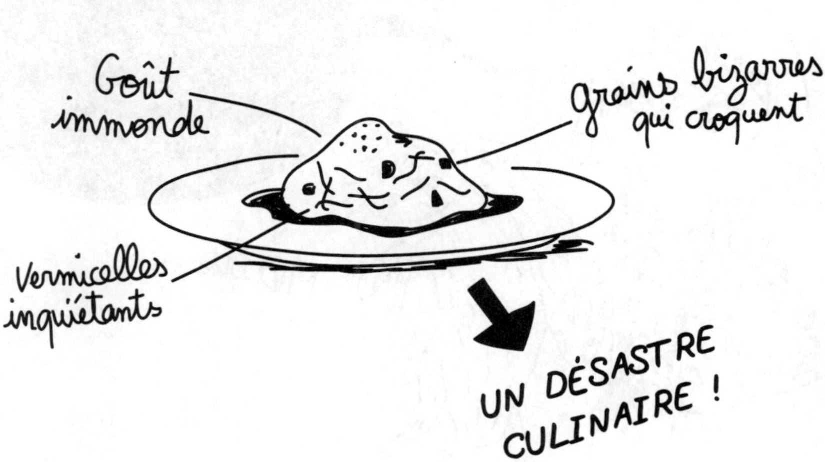

(4) Le soir, elle raconte à Eva des histoires PAS DU TOUT ADAPTÉES à son âge.  + 10 ANS

Hier, par exemple, c'était celle d'une femme qui découpe ses enfants en morceaux pour en faire un pot-au-feu. Vraiment PARFAIT pour endormir une fillette de cinq ans !

(5) Elle a décidé de REDONNER DE L'ÉCLAT au pelage de Nounouche. Elle la bloque entre ses genoux et l'oblige à avaler de l'huile d'avocat. Puis elle enduit ses poils d'après-shampoing.

6 **Fabien mange NOS céréales fourrées au chocolat.** Tante Sophie prétend que, comme il est contrarié par le fait de ne pas être chez lui, il faut le laisser manger ce qu'il veut. Et, évidemment, il a choisi nos céréales fourrées au chocolat.

(Les brocolis, par contre, il nous les laisse. Merci !)

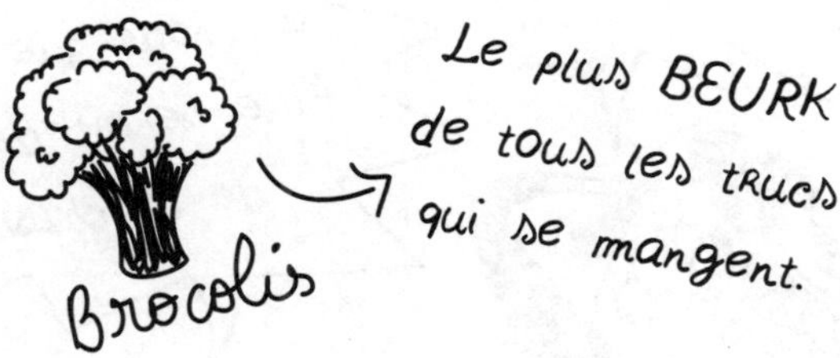

BREF, si je devais mettre une note sur 20 à ces deux premiers jours passés avec tante Sophie, je mettrais 1/20. (Le 1, c'est pour le paquet de Chamallows qu'elle a apporté en arrivant.)

BILAN CATASTROPHIQUE !

Moi, si j'avais rapporté une note aussi désastreuse du collège, j'aurais eu droit à une MÉGA scène de la part de mes parents !

« LE PARENT MALGRÉ LUI »
Acte IV scène 2

En tout cas, je me demande bien ce qui s'est passé dans la tête de mes parents le jour où ils ont choisi tante Sophie **comme marraine pour Eva.** Leurs cerveaux avaient sans doute été anesthésiés par un truc. Parce qu'avoir le choix entre TOUTES les femmes du monde et choisir CELLE-LÀ, franchement, c'est incompréhensible.

Pendant que tante Sophie regardait un énième épisode de sa série nulle, Eva et moi avons laissé à nos parents **des tonnes de SMS** les suppliant de nous rappeler.

Avec tante Sophie, ÇA NE VA PAS DU TOUT ! Rappelez-nous. ❤
SMS 1

Rappelez-nous vite SVP ! ❤ ❤
SMS 2

Hou hou ! Y a quelqu'un ?
SMS 3

S.O.S. FILLES EN DÉTRESSE !
SMS 4

OK. Donc si on a une urgence, vous n'êtes pas du tout joignables ! C'est rassurant !
SMS 5

Vous voulez qu'on vous rappelle la définition de l'expression PARENTS INDIGNES ?!
SMS 6

Comme on n'avait toujours pas de réponse, j'ai envoyé une photo de la main d'Eva avec plein de ketchup dessus.

J'ai baratiné qu'elle s'était coupée avec le couteau à pain et que c'était sûrement très grave. Mais, même là, on n'a reçu un SMS seulement vingt minutes plus tard.

Arrêtez de gâcher le ketchup, les filles ! On vous a déjà dit de ne pas jouer avec la nourriture !

Ils ont vraiment l'air affolés... Pff.

Idées de photos TRUQUÉES pour les faire paniquer

Cli clac !

TOI AVEC DES FAUX PIERCINGS PARTOUT SUR LE VISAGE.

LA PORTE D'ENTRÉE DE LA MAISON ENTROUVERTE.

Cliclac !

à envoyer à tes parents
et les obliger à te rappeler d'urgence

Cli clac !

TA PETITE SOEUR, L'AIR PENAUD, MENOTTÉE DEVANT UN COMMISSARIAT.

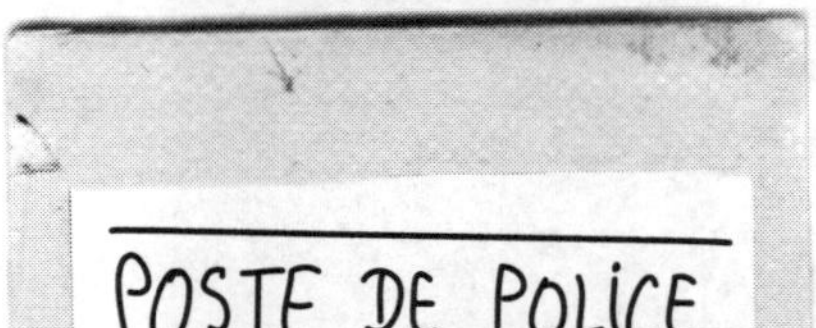

Tu peux trouver des menottes factices dans n'importe quel magasin de jouets.

UNE FAUSSE LETTRE DE RENVOI DU COLLÈGE.

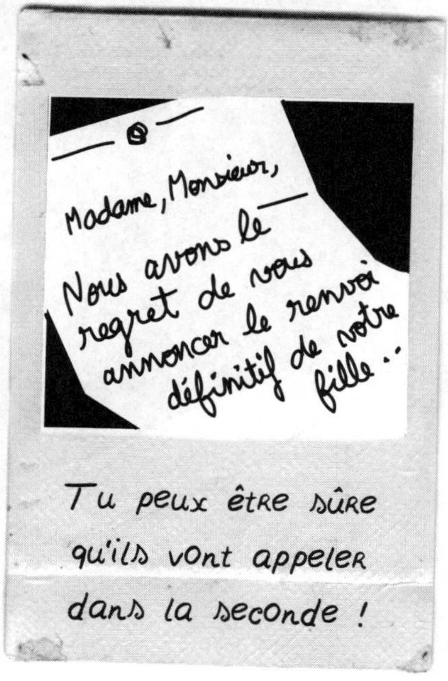

SEULES AU MONDE

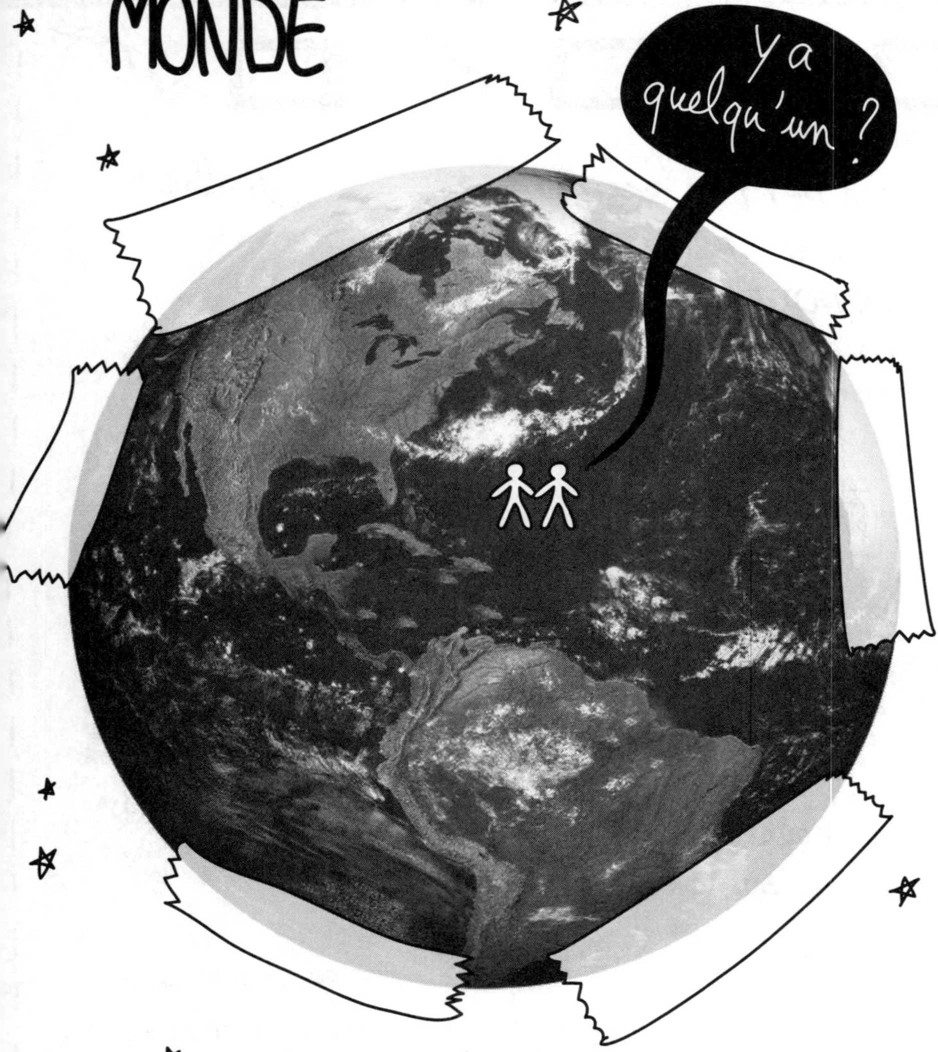

On a enfin réussi à avoir nos parents au téléphone. On était dans le bain, en pleine construction d'un dinosaure en mousse  , quand maman a rappelé. On leur a raconté en détail tout ce que tante Sophie faisait de travers, mais maman n'en a rien eu à faire. Plutôt que de compatir, elle a rigolé.

Puis elle nous a suggéré de nous détendre en refaisant les exercices de yoga enseignés par Guillaume.

« Croyez-moi, une dizaine de minutes en positon du cobra vous fera un bien fou. Faut restez ZEN, les filles ! »

Papa, qui ne supporte pas sa sœur, aurait sûrement compris notre calvaire. Malheureusement, quand maman nous l'a passé, il n'a rien entendu à ce qu'on disait tellement CROÛTE aboyait. CROÛTE, c'est le chien de Mamina.

Depuis que sa maîtresse est à l'hôpital, il aboie sans cesse. À tel point que papa est obligé de dormir avec des boules Quies et que maman s'est carrément exilée sur le balcon avec un sac de couchage.

Eva et moi, dépitées à l'idée que nos parents ne nous viendront pas en aide.
HELP!

BONNE PESTOLUTION N° 37

« Arrêter de se leurrer en gardant bien en tête que l'une des caractéristiques des parents est qu'ILS NE SONT JAMAIS DISPONIBLES QUAND ON A VRAIMENT BESOIN D'EUX.

(En revanche, pour tout ce qui est harcèlement lié à la réussite scolaire, il y a toujours du monde au rendez-vous !) »

Depuis qu'elle s'est battue devant le collège, Maxine porte une attelle et marche avec des béquilles. Apparemment, sa cheville a vraiment morflé.

Avec Linda, Maeva et Chloé, en sortant en récré ce matin, on est tombées nez à nez avec ça dans la cour :

Sous prétexte que **Maxine est la nièce du CPE**, elle a droit à des privilèges. Quand Vladimir s'était cassé le tibia pendant une compète d'escrime, personne ne lui avait proposé le moindre transat, à ce que je sache !

Injustice !

TRAITEMENT DE FAVEUR TROP ABUSÉ.

Moi, si j'étais Vladimir, je rédigerais une tribune dénonçant les inégalités flagrantes qui s'opèrent dans notre collège et je la ferais publier dans le journal local. Histoire que tout le monde sache ce qui se trame ici.

Maxine passe donc toutes les récréations étendue dans SON transat. Des tas d'élèves se regroupent autour d'elle pour lui tenir compagnie. On dirait la reine du monde.

Bip
Bip
Bip
Bip
Bip
ALERTE INTRUSION
Bip
Bip
Bip
Bip
Bip

AU SECOURS !

Tante Sophie est venue me chercher au collège sans me prévenir !

Et plutôt que d'attendre devant l'établissement, elle est carrément entrée pour me récupérer.

→ La folle !

Ça venait à peine de sonner quand elle a déboulé dans la classe sans frapper. Mme TURAN, qui n'avait pas terminé son cours, s'est mise à hurler.

Et elle lui a jeté une craie à la figure.

Normalement, tante Sophie aurait dû tourner les talons et repartir d'où elle venait. Mais, non. Elle a pris ses grands airs et s'est exclamée :

Évidemment, tout le monde s'est tourné vers moi. J'avais juste envie de disparaître sous ma table.

Puis tante Sophie et Mme TURAN se sont fait face de longues secondes. On aurait dit deux pitbulls prêts à se sauter à la gorge. 

Quand elles se sont précipitées l'une vers l'autre, on s'attendait tous à assister à un gros carnage, avec crevage d'yeux, arrachage de cheveux et coups de griffes. Mais ce n'est pas du tout ce qui s'est produit. **Tante Sophie et Mme TURAN se sont sautées dans les bras POUR SE FAIRE UN GROS CÂLIN !** Une image plus surréaliste, ça n'existe pas.

Encore une fois, toute la classe s'est tournée vers moi. Cette fois avec un air vraiment désolé. Leurs yeux criaient tous la même chose :

J'ai essayé de ne pas perdre la face en faisant comme si tout ça ne me faisait ni chaud ni froid alors qu'en réalité, j'étais à deux doigts de la mort subite. Je ne sais pas s'il existe un mot pour exprimer UN TRUC PLUS FORT QUE LA HONTE mais, s'il existe, je veux bien le connaître. Car c'est **exactement** ce que j'ai ressenti à ce moment-là.

UNE HONTE +++

Les adultes devraient être **INTERDITS** d'incursions intempestives dans la vie des ados ! parce que, à chaque fois, ils font de GROS, GROS DÉGÂTS !

Moments dans la vie d'un ado où devrait être STRICTEMENT

TOUS

les moments
autres que ceux
passés en famille
à la maison !!!!

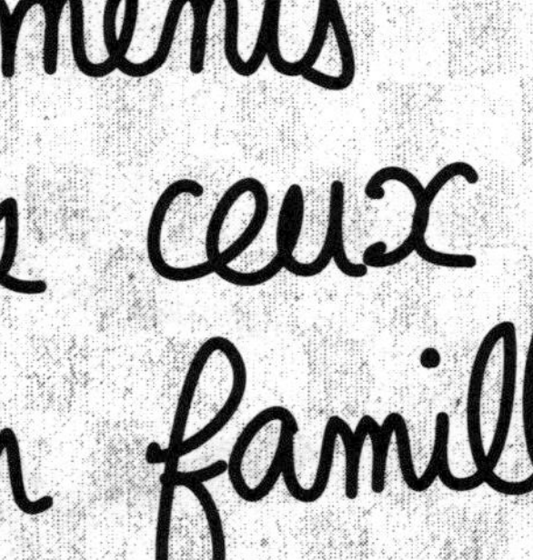

la présence d'adultes de sa famille
INTERDITE PAR LOI

Et cela, dès l'âge de 11 ans et jusqu'à tout <u>jamais</u> !!!!!

Toute la vie, quoi !

Dans la voiture, tante Sophie était tout excitée. Elle a fait un monologue interminable relatant tous ses souvenirs d'enfance pourris avec Mme TURAN.

Déjà que j'étais méga en colère contre elle, alors l'écouter me raconter sa vie, NON MERCI.
J'ai mis mes oreillettes et écouter les chansons des **DEEP DUSTY** à fond.

POINT COMMUN NUL entre tante Sophie et Kevin Vanier : ils peuvent raconter leur vie pendant des heures même si personne ne les écoute ! Faudrait peut-être organiser une rencontre...

Pendant le dîner 🍽 j'ai demandé à tante Sophie si elle se rendait compte de ce qu'elle m'avait fait subir en déboulant sans prévenir dans ma classe. Elle m'a regardée comme si j'étais super bizarre. De toute évidence, elle ne voyait pas DU TOUT le problème. Du coup, j'ai quitté la table et rejoint ma chambre sans avoir touché à mon assiette.

De toute façon, au menu, c'était **gratin de patates douces au thon et à la grenadine**. Encore un délire de Tante Sophie.

Depuis ma chambre, j'ai appelé mes parents pour leur raconter l'histoire. Papa était sincèrement désolé pour moi, mais maman lui a arraché le téléphone des mains pour me reparler de la position du cobra. Cette fois, je ne l'ai pas laissée terminer.

Et je lui ai raccroché au nez. Elle va continuer encore longtemps à me ressortir ses trucs de yoga à toutes les sauces ?!!!

J'AI PAS ENVIE D'ÊTRE ZEN !

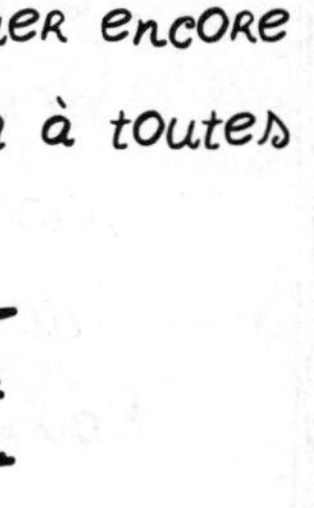

BONNE PESTOLUTION N° 38

« Ajouter dans la charte de la Confrérie des Pestes **QU'ON N'EST PAS OBLIGÉES D'ÊTRE ZEN SI ON N'EN A PAS ENVIE.** »

De la même façon qu'on n'est pas obligées de manger si on n'a pas faim, d'aimer les enfants des amis de ses parents si ce sont des boulets (cf. Kevin Vanier) ou de porter des ballerines si on préfère les baskets.

GANG DES PESTES ANTIZEN EN ACTION !

En m'endormant, je me suis dit que le pire, dans tout ça, c'était que, désormais au collège, certains parleraient de moi comme de **la nièce de la copine de TURAN**. J'en avais les larmes aux yeux, rien que d'y penser. Car être la nièce de la copine de TURAN, c'est un peu comme être **la nièce de la copine d'Hitler** ou **la nièce de la copine de Cruella** :

C'EST HORRIIIIIIIIIIIIBLE !

Mauvaise nouvelle !

Je viens de lire sur Internet **qu'on partage environ 25 % de notre ADN avec nos oncles et tantes.**

J'AI DES BOUTONS QUI POUSSENT PARTOUT RIEN QU'À L'IDÉE QUE CETTE FOLDINGUE DE TANTE SOPHIE ET MOI AYONS UN QUART DE NOS GÈNES EN COMMUN !

Heureusement que dans les gènes en question ne figure pas celui de sa passion pour le motif léopard.

C'est déjà ça !

Chromosome très rare et trop démodé

gribouillis
d'énervement

Le chauffeur du car qui devait nous emmener au cinéma 🎥 s'est trompé de collège. Il nous attendait devant Albert Camus, qui est carrément dans une autre ville. RÉSULTAT, on est allés à pied au cinéma, et, pour ne pas louper le début du film, on a dû marcher à toute vitesse.

À l'arrivée, on était tous en nage. Surtout Blaise (qui a des jambes si petites qu'il a dû courir tout le trajet pour ne pas se faire semer) et Mlle Lumet.

Seul M. Sevran n'avait pas l'air crevé du tout. Comme il fait du triathlon, forcément, l'endurance, ça le connaît.

Pendant que Mlle Lumet récupérait les tickets d'entrée pour tout le monde, avec les copains, on a voulu acheter des POP-CORNS. Une portion MAXI GÉANTE à partager XXL. Mais M. Sevran s'y est opposé, estimant qu'on avait mangé assez de maïs avec la salade mexicaine de la cantine. **Argument trop moisi !**

Comme si on pouvait faire une overdose de maïs !

Avec Charly et Linda, on a insisté.

Mais M. Sevran n'a rien voulu entendre. Pff ! On était dégoûtés car pendant tout le trajet on avait salivé pour rien. Surtout qu'on était tous d'accord pour dire que **l'intérêt principal du cinéma entre copains, C'EST LE POP-CORN.**

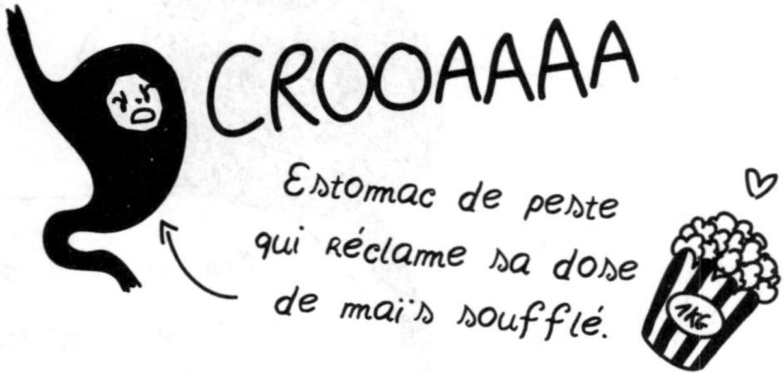

Dans la salle, Linda, Maeva et moi, on s'est retrouvées assises juste devant Mlle Lumet ♡ et M. Sevran ♡. Du coup, pendant la projection, on a pu les espionner. J'avais scotché le miroir de poche de Maeva à une règle et ça faisait comme un **rétroviseur**.

Même dans la pénombre, on a bien vu qu'ils se tenaient la main. PAS DISCRETS DU TOUT ! À un moment, ils se sont même embrassés. On a chronométré leur baiser : 1 MIN 29 S. Ce qui est très long pour un baiser

Mon record avec **THÉO** ♥ est de 27 secondes et, franchement, à la fin, je commençais à en avoir marre. Moi, si j'avais embrassé mon amoureux pendant ce film, je l'aurais fait au moment de la scène du **lever de soleil sur la campagne** ou éventuellement au moment où **on voit des pommiers fleurir** en accéléré.

Mlle Lumet et M. Sevran, eux, ont choisi **la scène où des lombrics creusent des galeries dans la terre**. Quand je vous dis que les profs sont des gens vraiment très BIZARRES !

Quand les lumières de la salle se sont rallumées, la moitié de la classe roupillait. Kevin, lui, était à fond.

En sortant du ciné, Blaise, Maeva, Charly et Yûji ont occupé les profs pendant que j'achetais discrètement des pop-corns. Eh oui, ce n'est pas parce qu'on nous interdit quelque chose qu'on y renonce forcément. Pour ne pas sortir avec le cornet à la main, j'ai tout vidé dans les poches de ma veste. Ni vu, ni connu.

Sur le trajet du retour, pour pouvoir grignoter tranquillement, on s'est mis à l'arrière du cortège. Le problème, c'est que j'avais oublié que mes poches étaient pleines de terre . J'en avais ramassé quelques poignées dans le parc en bas de chez moi pour rempoter **MARCUS** et tenter de lui sauver la vie après l'attaque de Nounouche. **Résultat, la plupart du pop-corn était IMMANGEABLE.** Sauf pour quelqu'un qui aime les choses aromatisées à la terre, bien sûr.

On s'est amusés à jeter le pop-corn qui restait dans les cheveux de Mlle Lumet qui marchait devant. On marquait un point à chaque fois qu'on la touchait et deux points si le pop-corn restait coincé dans sa chevelure. C'était trop marrant !

Surtout que la prof ne s'est rendu compte de rien parce que Sébastien lui a raconté des devinettes durant tout le trajet.

Ce gars a dû apprendre toutes les blagues CARAMBAR du monde par coeur. À moins que ce ne soit carrément lui qui les écrive...

C'est Linda qui a gagné le tournoi de tir avec sept points.

À l'arrivée, Mlle Lumet ressemblait à un SAPIN DE NOËL, elle avait du maïs soufflé plein les cheveux.

Au fait, il y avait bien une scène de sport dans le film : UNE PARTIE DE RUGBY. **Sauf que le ballon était une courge et le terrain un champ de pommes de terre.** Quant aux joueurs, c'étaient les enfants du fermier qui s'amusaient après l'école. Pas vraiment de quoi justifier la présence d'un prof de sport dans la salle, si ?

Avec Eva, on se demande si tante Sophie ne drogue pas Fabien. Ce chien dort toute la journée et quand il ne dort pas, il bouge à peine. Même Nounouche semble intriguée. Elle le titille avec sa patte pour le faire réagir mais rien. Sophie affirme que tous les chiens de cette race sont comme ça : RAMOLLOS ET DORMEURS.

Chien drogué de naissance

Ça sert à quoi d'avoir un animal de compagnie s'il ne te tient pas compagnie ? Autant prendre une plante, non ?

Vilaines mitaines et retrouvailles

Depuis ce matin, Maxine et Linda portent **les mêmes mitaines en résille rouge**.

Je sais que j'aurais dû trouver ça sympa et sauter en l'air de joie face à leur cadeau. Mais j'ai eu beau essayer de me réjouir, je n'ai pas réussi. Parce que si en plus d'avoir peur que Maxine me pique **mon amoureux**♥, je commence à avoir peur qu'elle me pique aussi **ma meilleure amie**☆, ma vie va devenir un enfer.

SOS peste en détresse !

Après la cantine, je me suis isolée derrière le réfectoire et, je ne sais pas ce qui m'a pris, j'ai déchiqueté les mitaines à coups de cutter.

J'ai conscience que c'est du PUR GÂCHIS. Que bousiller quelque chose de neuf plutôt que de le donner à quelqu'un qui en a besoin ou envie, ce n'est **ni glorieux, ni écolo, ni rien du tout.** JUSTE **NUL** ! Sauf que, sur le moment, je n'ai pas réfléchi à tout ça. J'ai juste senti que si je conservais ces mitaines, je conserverais avec elles l'humeur pourrie qu'elles ont fait naître en moi. À savoir **une vieille bouillie de jalousie gluante**.

Voilà pourquoi j'ai SAUVAGEMENT MASSACRÉ ces mitaines. Et, entre nous, si c'était à refaire, je le referais sûrement.

Comment se DÉBARRASSER

LE PIÉTINER SAUVAGEMENT AVEC DE GROSSES CHAUSSURES DE CHANTIER.

LE RÉDUIRE EN MIETTES À COUPS DE CUTTER, CISEAUX, TRONÇONNEUSE…

LE LÂCHER AU MILIEU DE L'OCÉAN DEPUIS LE HUBLOT D'UN AVION.

d'un objet qui génère en toi un sentiment TOXIQUE

Y METTRE LE FEU ET LE REGARDER SE TRANSFORMER EN CENDRES.

Hihihi

LE DONNER À MANGER À UN ANIMAL MORFAL.

(Par exemple au chien de Vincent, Hulky, qui dévore tout ce qu'on lui met sous le nez.)

OU, TOUT SIMPLEMENT, LE JETER DANS LA POUBELLE DU COIN DE TA RUE AVEC UN VIEUX RESTE DE SANDWICH OU UNE PEAU DE BANANE.

En rentrant du collège, j'étais sur mon vélo sous la pluie quand **J'AI REÇU UN SMS DE THÉO♥.** Ding

ENFIN ! Après des jours à espérer. Ô joie !

Dommage que tu sois un peu menteuse sur les bords parce que, ça, c'est vraiment trop mignon. ♥

SMS de 17h05 min

Cœur que j'ai peint sur le mur du Clos des Sirènes.

Mais comment sait-il que j'en suis l'auteure ? Je n'ai pourtant pas signé ! Je me suis aussitôt arrêtée sur le bas-côté pour l'appeler. Allô ?

En fait, Linette, la mamie de **THÉO**, s'est fait voler son ombrelle dans le jardin du Clos des Sirènes. Du coup, la directrice, Mme Crispine, THÉO et son père Étienne ont regardé le film des caméras de surveillance pour retrouver le coupable. C'est comme ça que THÉO m'a vue peindre le cœur sur le mur. Il a trouvé ça TELLEMENT ROMANTIQUE qu'il ne m'en veut plus du tout de l'avoir espionné. **OUF !**

On a discuté au téléphone un long moment. C'était trop bien d'avoir sa voix dans mon oreille. Tellement génial que je ne me suis pas rendu compte à quel point il pleuvait. Quand je suis remontée sur mon vélo, j'étais plus mouillée que si j'avais pris une douche tout habillée.

à 18 h, alors que je terminais mes devoirs de physique, THÉO m'a rappelée. En appel vidéo, [redacted] fois . J'ai hésité une seconde à décrocher parce que j'étais en peignoir.

Mais je me suis dit que quand on aime quelqu'un d'un véritable amour, on l'aime quelle que soit la tenue qu'il porte. Alors, peignoir ou pas, j'ai décroché.

(Moi, je serais amoureuse de

THÉO ♥

même s'il portait un **pyjama fluo** ou un **ciré Mickey**.)

J'ai évidemmment dit OUI tout de suite. (Surtout que Maxine n'y participait pas à cause d'un rendez-vous chez le kiné pour son entorse. Donc, côté jalousie, j'allais être sereine.)

THÉO♥ a posé son téléphone sur ses genoux et je l'ai vu en gros plan pendant toute la répétition. Enfin, quand je dis en gros plan, c'était surtout un gros plan de ses narines.

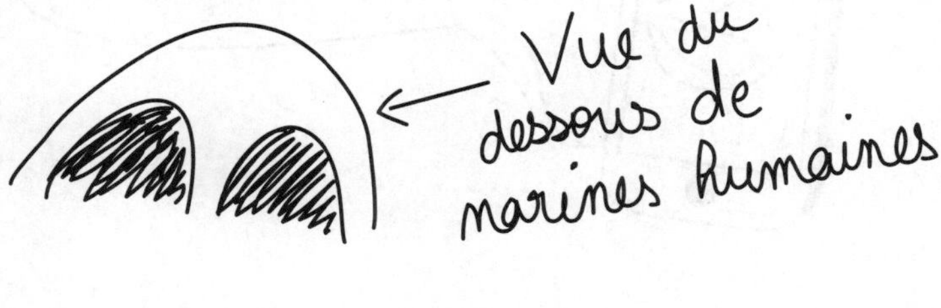

Mais c'était magique quand même. J'avais l'impression d'être tout près de lui. Presque de sentir son odeur. Par contre, côté son ♫, c'était vraiment la grosse cata. À part des poum tchak super saturés de la batterie de THÉO, je n'entendais rien. Impossible de reconnaître le moindre morceau des **DEEP DUSTY** alors que je les connais tous par cœur.

Quand la répétition a été terminée, **THÉO**♥ m'a envoyé un baiser via la caméra de son téléphone et, avant de raccrocher, il a dit :

Ça m'a fait plaisir qu'il dise ça même si je sais que C'EST FAUX. Je le vois bien dans le miroir : dès que j'enfile mon peignoir, je ressemble à une **grosse cacahuète avec sa coque.**

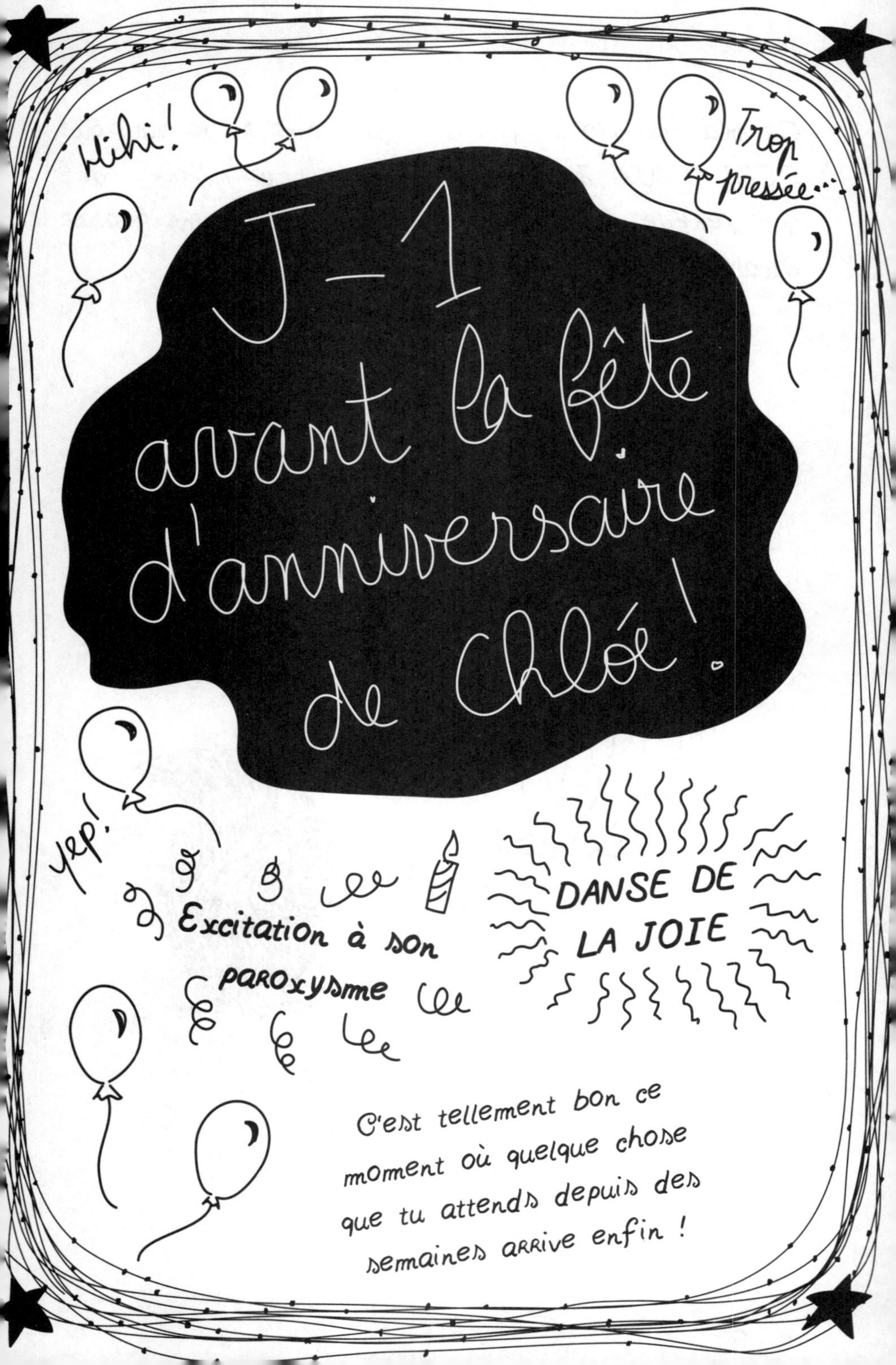
Hihi !
Trop pressée...
J-1 avant la fête d'anniversaire de Chloé !
Yep !
Excitation à son paroxysme
DANSE DE LA JOIE
C'est tellement bon ce moment où quelque chose que tu attends depuis des semaines arrive enfin !

MAUVAIS PLAN

Sans consulter personne, tante Sophie vient de prendre une décision HORRIBLE : **elle nous emmène chez elle pour le week-end !**

NOOOOOOOOOOOON !

Ce n'était pas du tout prévu, ça !!!

L'une de ses amies organise **une vente de sous-vêtements à domicile** et tante Sophie a proposé que ça se déroule chez elle autour d'un apéritif dînatoire.

Le problème, c'est que tante Sophie habite SUPER LOIN. Et, à moins que je ne passe mon permis de conduire dans la journée, je ne vois pas comment je vais pouvoir me rendre à l'anniversaire de Chloé ce soir.

J'irai à la prochaine ? Mais elle est complètement à l'ouest ! Elle a dû naître vieille parce que si elle avait été jeune un jour, elle saurait que LOUPER UNE SOIRÉE, ÇA PEUT ÊTRE UN DRAME PIRE QUE DE SE FAIRE DÉVORER PAR DES LOUPS.

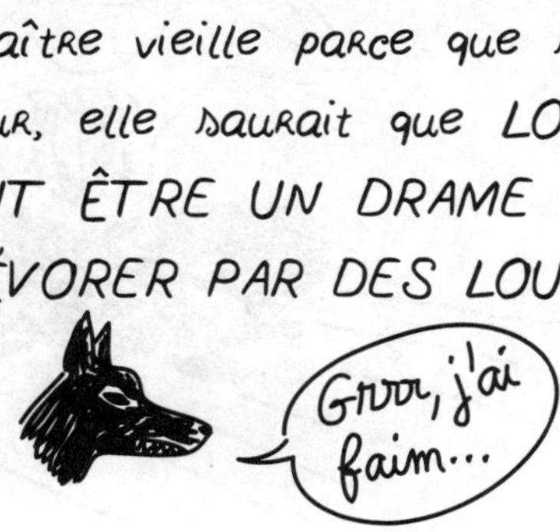

Je me suis précipitée dans ma chambre pour appeler mes parents. Je les ai SUPPLIÉS de m'autoriser à rester seule à la maison ou à aller m'installer chez Charly jusqu'à leur retour mais, évidemment, ils ont refusé. Pourtant j'ai tout fait pour les convaincre.

Mais la seule réponse qu'ils ont été capables de m'apporter, c'est : **« NON, C'EST NON ! »**
Phrase typique du parent qui n'a aucun argument !

Pff ! Pathétique !

Au moment de raccrocher, j'étais tellement dégoûtée que j'ai hurlé :

GRRR...

Première fois de ma vie que je dis à mes parents que je les déteste. (Même si - j'avoue - ce n'est pas tout à fait la première fois que je le pense.)

Puis j'ai téléphoné à Chloé pour tenter de la convaincre de décaler sa soirée d'anniversaire. J'ai baratiné qu'à la radio, ils venaient d'annoncer de graves coupures d'électricité sur le secteur et qu'avec les spots et la sono, ça craignait. Que sa soirée risquait d'être gâchée. Mais comme on était à quelques heures du début de la fête, ça n'a pas marché.

Moi à genoux quand je supplie Chloé.
(Ridicule puisqu'on était au téléphone et qu'elle ne pouvait pas me voir !)

Mensonges pour CONVAINCRE

Ariana Grande vient d'annoncer qu'elle donnera un concert gratuit ce soir-là. Si tu maintiens cette date, y aura sûrement personne à ta fête !

D'après l'astrologie, Vénus et Jupiter s'alignent avec Mars. Et ça, c'est très mauvais signe. Ça veut dire qu'il risque fortement de se produire une catastrophe pendant ta fête !

Oh là là, ça craint…

QUELQU'UN de décaler sa fête prévue depuis longtemps

Un tigre s'est échappé du zoo et, d'après ce qu'on dit, il rôderait dans ton quartier. Si tu ne veux pas mettre tous tes amis en danger, décale !

IDÉE PROPOSÉE PAR EVA

Si tu chanzes pas la date, t'es plus ma copine !

On ne peut pas faire plus clair !

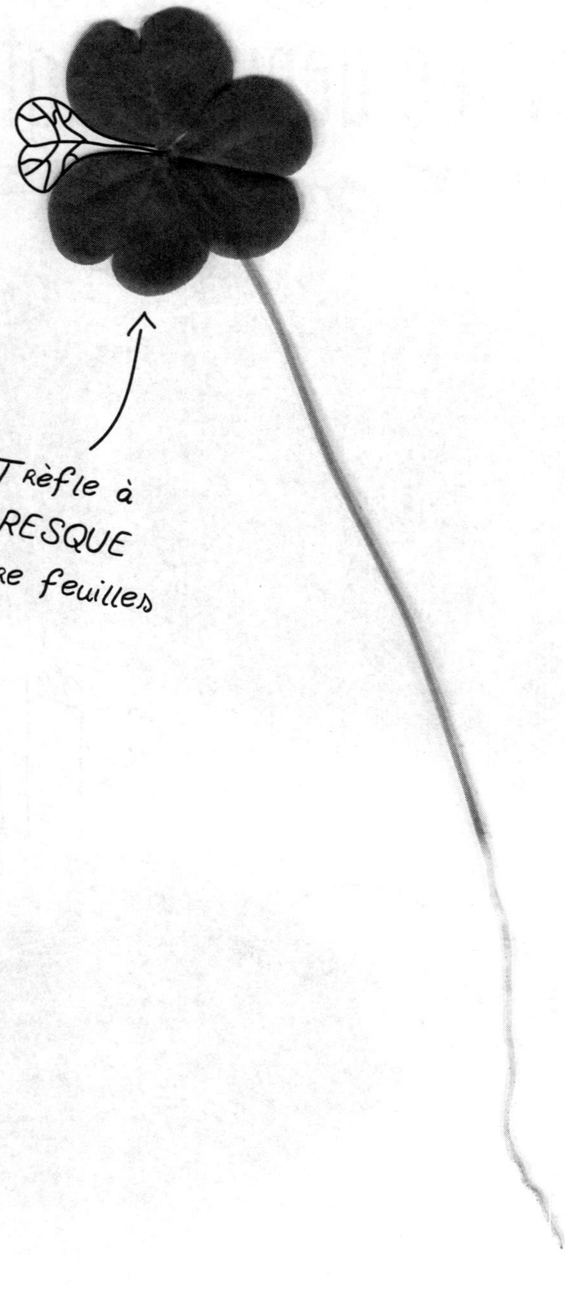
Trèfle à
PRESQUE
quatre feuilles

BOUM !

MISSION SABOTAGE

BAM ! BANG !

Quitte à être bloquées tout le week-end chez notre tante, Eva et moi avons décidé d'unir nos forces pour lui couper toute envie de nous garder à l'avenir.

Bref, la dégoûter de nous À VIE !

À peine arrivées donc, Eva a dessiné **une marelle** au marqueur sur le parquet de son entrée pendant que, moi, je recopiais **le schéma détaillé de l'appareil digestif** sur le mur.

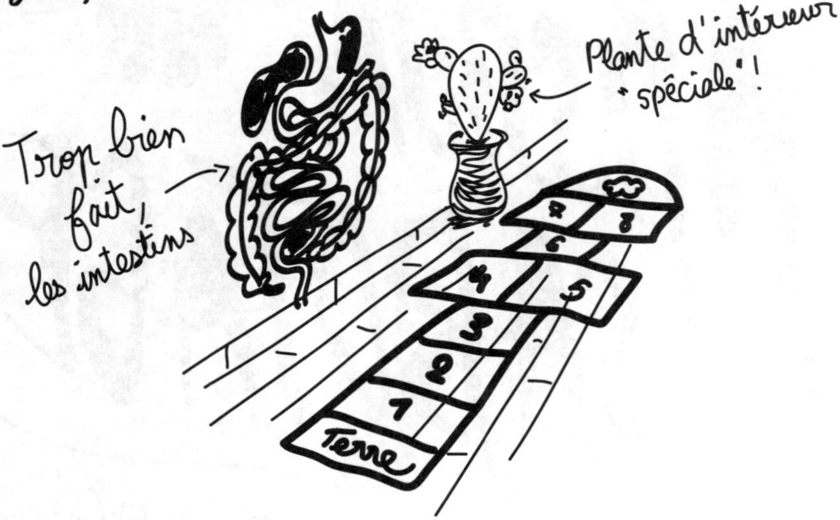

Quand tante Sophie s'en est aperçue, elle a poussé un hurlement TELLEMENT violent que Fabien a fait un genre de **mini-crise cardiaque** ⚡. Il s'est retrouvé sur le dos les pattes en l'air pendant plusieurs secondes avant de se remettre à l'endroit et de courir se réfugier dans son panier.

C'est pasque ze suis NULLE à la marelle. L'animatrice de la cantine dit que ze dois m'entraîner.
Et moi, c'est pas de ma faute si j'ai des devoirs de SVT ! Mon cahier de brouillon est resté à la maison. Ça ne serait JAMAIS arrivé si on était restées chez nous comme prévu !
Bonne **graine de peste**, ma mioche de petite soeur, on dirait.
Mes parents vont encore la traiter d'ANARCHISTE.

Tante Sophie est devenue toute rouge. Des faisceaux de haine sortaient de ses pupilles. Un peu comme les lasers qui sortent des yeux des vilains robots dans les films de science-fiction. À mon avis, si ce n'était pas puni par la loi, elle nous aurait assassinées sur place. Du coup, elle nous a obligées à tout nettoyer avec un produit qui sent SUPER FORT. Mais plus on frottait, plus l'encre du marqueur s'étalait. **C'était de pire en pire.**

Tante Sophie était tellement furax qu'elle nous a punies en nous envoyant **dans la chambre d'amis.**

Et elle a claqué la porte.

Première action pour se faire détester par notre tante :

RÉUSSIE !

GROS SUCCÈS !

Chez tante Sophie, il faut traverser la chambre d'amis pour aller dans le dressing. Normalement, personne n'a le droit d'y entrer, notre tante a toujours été très claire là-dessus.

Mais, avec Eva, on ne s'est pas gênées. Si tante Sophie ne voulait pas qu'on entre dans son dressing :

① **Elle n'avait qu'à pas nous emmener chez elle de force.**

② **Elle n'avait qu'à pas nous punir.**

Bienvenue dans le temple du MAUVAIS GOÛT !

De toute ma vie, je n'avais jamais vu autant de VÊTEMENTS MOCHES réunis au même endroit.

Eva, qui adore se déguiser, était comme une folle.

Alors on a tout essayé. De toute façon, on avait que ça à faire pour s'occuper. Je ne vous dis pas les looks qu'on s'est faits !

Bof
Très spécial !
Prêtes pour
LE GRAND DÉFILÉ DE MODE DE LA LAIDEUR.
Mouais...
Euh non !

à 18 h, Monique, la dame qui organisait la vente de sous-vêtements, est arrivée avec tout son matériel. Tante Sophie nous a appelées pour qu'on l'aide à déballer. Devant sa copine, Tante Sophie était méconnaissable. Elle faisait comme si elle nous adorait. Sûrement pour avoir l'air d'une tata parfaite. C'était pathétique.

Puis chaque fois que ça sonnait à la porte, Tante Sophie s'écriait : **« Fannette, tu vas ouvrir, s'il te plaît, jolie princesse. »** Elle en faisait un peu trop, là, quand même !

La vente s'apprêtait à commencer lorsque la dernière invitée est arrivée. Et **HORREUR !** c'était **MME TURAN**. Il ne manquait plus que ça ! J'ai été tellement surprise de la voir là que je suis restée paralysée les yeux écarquillés et la bouche ouverte. À mon avis, je ressemblais à un poisson échoué sur une plage.

« **Ma petite Fannette** » ? Et pourquoi pas « **mon amour** » pendant qu'elle y est ! Si elle croit qu'on va devenir copines sous prétexte qu'elle est l'amie d'enfance de ma tante foldingue, elle se fourre le doigt dans l'œil ! Pfff

Tante Sophie, elle, était visiblement très émue que mon HORRIBLE prof de français ait répondu présente à son invitation. Elle l'a serrée dans ses bras pendant au moins dix secondes. Dix secondes, ça paraît court comme ça, mais avec Mme TURAN dans les bras, je suis sûre que ça semble une éternité !

Puis Monique a commencé sa vente.

Puis elle a présenté un à un ses articles. Tout le monde écoutait en silence SAUF, évidemment, Mme TURAN qui avait toujours un commentaire à faire.

Au bout d'une demi-heure, Eva et moi, on commençait à s'ennuyer sec, surtout qu'on avait fini tous les toasts au guacamole. Il ne restait plus que les immangeables :

Beurk.

TOASTS TARAMA/PÊCHE

TOASTS CHÈVRE/ CARAMEL

Merci, les tentatives culinaires BIZARRES de tante Sophie !

On est retournées dans la chambre d'amis et, pour s'occuper, on a fabriqué **un déguisement de poulpe en carton pour Fabien.**

Photo pour PÉPÉ GASTON.

(Je suis sûre qu'il va être mort de rire.)

Ha ha, trop drôle !

Puis on l'a envoyé rejoindre Tante Sophie et ses invitées dans le salon. En voyant Fabien arriver en poulpe, elles ont toutes éclaté de rire. Sauf tante Sophie et Mme TURAN.

RÉSULTAT, on a été privées de dessert. Mais, comme le dessert était un **cake aux prunes** tellement cuit qu'on aurait dit une brique, c'était vraiment pas grave. Il faut dire qu'avec Eva, pendant la cuisson, on avait monté le thermostat du four de 5 à 9. Quand ça avait commencé à sentir le brûlé, on avait rassuré Tante Sophie en disant que ça venait de l'extérieur, que quelqu'un faisait brûler un pneu.

Quand elle s'était aperçue que l'odeur provenait en réalité de son four, il était trop tard pour sauver le cake.

Bûche calcinée sortie de la cheminée de Mamina.

Cake aux prunes sorti du four de de tante Sophie.

Cherchez la différence!

Comme elle n'avait rien d'autre à proposer à ses invitées, tante Sophie a quand même déposé son cake sur la table. Je ne vous dis pas la tête de ses copines ! Elles faisaient TOUTES la grimace.

Avec Eva, on était MORTES DE RIRE et très contentes de nous.

Quand tante Sophie a voulu ranger ses nouveaux sous-vêtements dans son dressing, elle s'est rendu compte du bazar qu'on y avait mis. Il faut dire qu'avant notre passage, tout y était parfaitement rangé alors qu'après, ça ressemblait plutôt à une **scène de guerre.**

C'est à ce moment-là que tante Sophie s'est tournée vers nous pour enfin prononcer la phrase qu'Eva et moi attendions depuis des heures :

JE JURE SUR LA TÊTE DE FABIEN QUE C'EST LA <u>PREMIÈRE</u> ET LA <u>DERNIÈRE</u> FOIS QUE JE VOUS GARDE !

Moment magique

YESSSSSS!
VICTOOOOOOOIRE!
Feu d'artifice improvisé à base de croquettes de toutou.
Hihi !

1
MÉDAILLE
du meilleur espoir féminin dans la catégorie Peste de moins de 6 ans
Décernée à : Eva Barton
Ze voudrais dire merci à ma soeur zéniale sans qui ze ne serais rien.
Si la p'tite dernière s'y met aussi, je suis le papy le plus happy du monde !
Par Fannette, présidente de la Confrérie des Pestes
Fannette

Sûrement une proche
de tante Sophie.

Pouet pouet !
C'EST LA FÊTE !
Go go go !

À 20 h 30, tante Sophie avait rejoint sa chambre pour voir la suite de sa série nulle et Eva dormait déjà. Moi, je n'arrêtais pas de recevoir des super photos de la fête d'anniversaire de Chloé.

Alors que mes amis s'amusaient comme des fous, moi, j'étais coincée avec ma soeur dans un canapé-lit plein de ressorts chez ma tante au clou de girofle.

LA DÉPRIME !

SOS PRISE D'OTAGES !

Alors plutôt que de me lamenter toute la nuit, je me suis ressaisie et j'ai décidé de BRAVER L'INTERDICTION de tante Sophie pour me rendre chez Chloé coûte que coûte.

J'ai rapidement trouvé trois moyens d'y arriver :

1. SAUTER DANS UN TAXI.

Mais, sans un sou en poche : IMPOSSIBLE.

2. M'Y RENDRE À PIED.

Mais, même en marchant vite, je serais arrivée vraiment trop tard.

3. EMPRUNTER LE VÉLO DE TANTE SOPHIE.

Vélo que personne n'a jamais vu, mais qu'elle se vante régulièrement de garder pour le jour où elle trouvera un amoureux qui la promènera sur le porte-bagages.

(Tante Sophie avec un amoureux ? Laisse tomber le scénario improbable !)

J'ai opté pour la TROISIÈME solution. Je me suis levée du canapé-lit le plus doucement possible, pour ne pas réveiller Eva.

Comme le sac avec nos affaires était dans la chambre de tante Sophie, et pour ne pas aller chez Chloé en pyjama, j'ai dû piquer une robe dans le dressing. Je n'ai pas eu beaucoup le choix, j'ai pris la seule que j'ai trouvée sans motifs. Quand je l'ai enfilée face au miroir de la salle de bains, je me suis rendue compte à quel point cette robe datait d'une autre époque. Je ressemblais à une ANTIQUITÉ là-dedans.

En quelques coups de ciseaux 

, je lui ai redonné de l'allure : j'ai découpé le bas en biais, échancré le dos et retiré une manche. Avec un foulard à pois en guise de ceinture, franchement, le résultat était vraiment pas mal. Ça faisait presque chic. D'ailleurs je crois avoir vu une star de cinéma porter une robe dans ce genre au dernier Festival de Cannes.

Après avoir récupéré la clé d'antivol du vélo de tante Sophie cachée dans une poupée russe, je suis sortie en douce de l'appartement. (Oui, je sais, drôle d'endroit pour ranger une clé.)

Cachette découverte grâce à Eva qui adore désemboîter les poupées russes.

Dans le local à vélos de la résidence, j'ai essayé la clé de l'antivol de tante Sophie sur tous les vélos. Mais elle n'en ouvrait aucun. Au moment où j'allais renoncer, j'ai remarqué **un vieux machin tout rouillé au fond du local**. Et, évidemment, le vélo de tante Sophie, C'ÉTAIT ÇA.

Morceau de rouille en forme de vélo

Quelqu'un peut m'expliquer l'intérêt de mettre un antivol sur ce genre de déchet ?

Après avoir regonflé les pneus qui étaient complètement à plat avec une pompe empruntée sur un autre vélo, j'ai enfin pu partir.

→ Fille qui galère.

Juste avant d'arriver chez Chloé, ma robe s'est prise dans le dérailleur et s'est déchirée . Puis le vélo a déraillé. J'ai mis dix minutes à remettre en place cette fichue chaîne avant de pouvoir reprendre la route.

Bref, je suis arrivée chez Chloé, épuisée et avec des traces noires de graisse de chaîne de vélo partout. Comme je n'avais prévenu personne de ma venue improvisée, quand Chloé m'a vue arriver, elle m'a sauté au cou.

Le reste de ma bande de copains a accouru aussi et, en dix secondes, ils étaient tous autour de moi. J'avoue que c'était très agréable de se sentir à ce point la bienvenue.

Quand j'ai rejoint **THÉO** près du buffet, la première chose qu'il a dite c'est que ma robe était belle et qu'elle m'allait très bien. Mais comme il m'avait récemment trouvée « craquante » en peignoir, je ne me fie plus trop à son avis, côté vestimentaire.

Pour être tranquilles, avec **THÉO** ♥, on s'est glissés derrière un rideau pour s'embrasser.

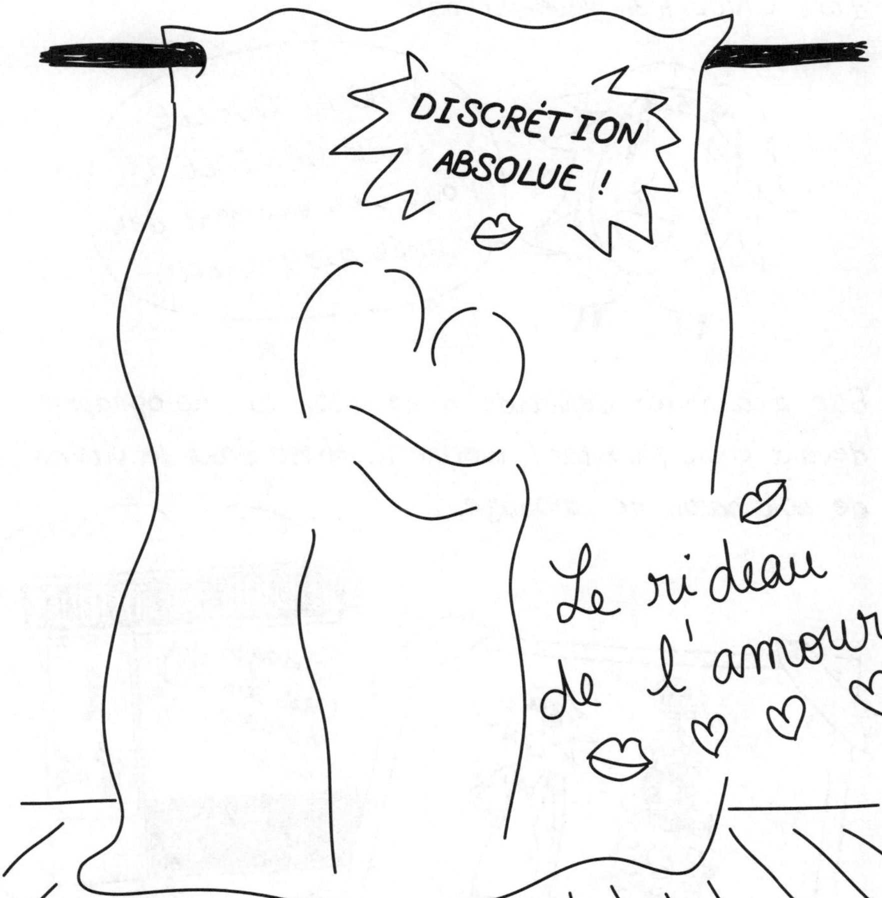

On est restés là jusqu'à ce que la mère de Chloé apporte le gâteau en chantant **Joyeux anniversaire** ♫. On a tous repris la chanson en chœur en tapant dans nos mains, puis ça a été le moment des cadeaux.

Blaise et Charly ont apporté notre immense phare en bonbons. Il était GÉNIAL ! Une véritable œuvre d'art. Chloé n'en revenait pas.

Elle a aussitôt demandé à ce qu'on la photographie devant pour, plus tard, **mettre la photo dans la vitrine de son salon de tatouage**.

Comme on était très nombreux, Chloé a reçu un tas d'autres cadeaux :

Un mug phosphorescent

Un sachet de caramels mous

Un livre sur les Jeux olympiques

Un stylo qui fait cure-dents

Une casquette réversible

Des lunettes en forme de fraises

Et surtout une paire de chaussons dépareillés offerte par Lucky, son amoureux.

Toujours à fond dans leur mode révolutionnaire des chaussures dépareillées*, ces deux-là.

*Voir le tome 9 de mon journal.

Les yeux de Chloé se sont mis à clignoter d'amour. Elle a sauté dans les bras de Lucky et ils se sont embrassés devant TOUT LE MONDE. **Et quand je dis TOUT LE MONDE, ça inclut les parents de Chloé !**

J'ai trouvé ça trop bizarre car, moi, je n'embrasserais jamais **THÉO♥** devant mes parents ! Même si on me payait dix milliards de millions d'euros. Je n'ai pas envie d'avoir droit à des commentaires pendant cent ans.

Je te trouve un peu jeune pour embrasser un garçon.
Moi, je dis que du moment qu'il y a **de l'amour**...
Amour ou pas, **trop jeune c'est trop jeune.**
En tout cas, vous vous êtes bien cachés, jusque-là. Ta mère et moi, on n'avait rien vu.
Ça, pour faire des cachotteries...
Et gna gna gna...
URGENCE bouchons d'oreilles!

Kevin, toujours aussi boulet, a choisi pile le moment où Chloé et Lucky s'embrassaient 💋 pour remettre son cadeau.

Et il lui a tendu **un hippocampe en laine tricoté par sa mère**.

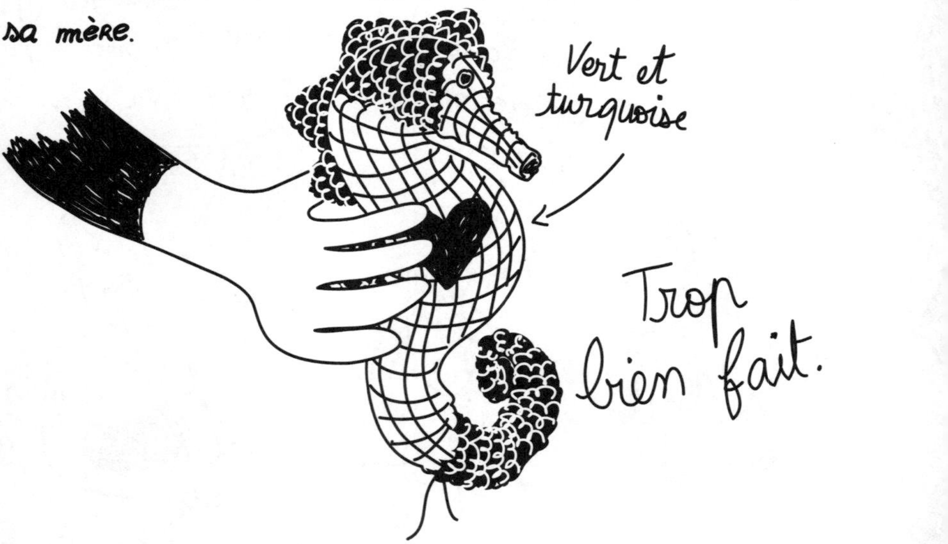

Puis il s'est lancé dans un laïus interminable sur les hippocampes. À peu près le même que celui qu'il m'avait fait lors de l'apéro horrible chez les Ulmer.* Bref, on aurait dit qu'il faisait une conférence.

*Voir le tome 9 de mon journal.

Quand il a eu fini, il est monté sur une table pour s'écrier :

Et il a eu PLEIN de commandes.

- Un skate
- Des initiales
- Une coccinelle
- Un ballon de handball
- Un singe
- Un camion poubelle
- Un fantôme
- Dark Vador
- Un schtroumpf

➔ **Martine risque d'être occupée pendant pas mal d'années !**

Au moment où Chloé allait remettre la musique pour qu'on danse, son téléphone a sonné. **C'était Maxine en appel vidéo.**

Et elle a chanté une version rock de **Happy Birthday** vraiment trop bien. Tout le monde a applaudi et le père de Chloé a dit que Maxine devrait se présenter à **The Voice**. Normalement, tout ça aurait dû me rendre jalouse mais, comme **THÉO** ♥ me caressait la nuque avec ses doigts trop doux, je n'y ai même pas pensé.

Geste d'AMOUR trop fort
qui fait oublier tout le reste.

Avant de raccrocher, Maxine nous a appris que l'affaire des vols au collège avait été élucidée. Comme le CPE est son oncle, elle est au courant de tas de choses avant nous. La rumeur qu'avait lancée Kevin selon laquelle M. Marco était un détective engagé par la principale a fait son effet. La voleuse a pris peur et a préféré se dénoncer plutôt que de se faire pincer.

Encore une belle preuve qu'il ne faut pas se fier aux apparences. Même les personnes qui ont comme hobby une activité aussi sage que la couture peuvent être de GROSSES MENTEUSES CLEPTOMANES !

Ensuite on a tous dansé. C'était GÉNIAL. Surtout le moment des slows. THÉO♥ m'a collée contre lui et on a dansé au moins quinze minutes comme ça. J'avais l'impression d'être dans un rêve.

Chloé et Lucky,
les fous du bisou
Kevin et
Benjamin,
comme aucune
fille n'a voulu
les inviter...
Blaise, Charly,
Maeva et Yûji,
le super slow
des célibataires

Soudain, tout s'est éteint d'un coup. La musique, les spots et même les lumières de la rue. On s'est retrouvés dans le noir TOTAL. Lola, qui a peur de tout, s'est mise à hurler.

Tout le monde a éclaté de rire et Chloé s'est écriée :

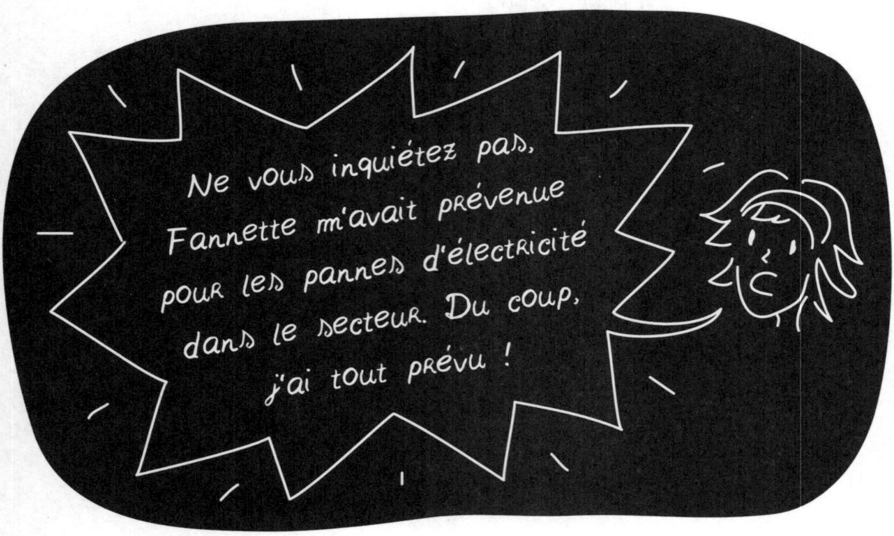

Euh oui, sauf que j'avais inventé cette histoire juste pour qu'elle décale sa soirée... En deux minutes, Chloé a allumé plein de bougies et on a fini la soirée avec l'enceinte Bluetooth de son grand frère. Les bougies, ça faisait une drôle de lumière. On se serait cru à l'époque des rois.

Je n'en reviens toujours pas de cette INCROYABLE COÏNCIDENCE. Une panne d'électricité, ça n'arrive pas tous les jours et c'est arrivé pile ce soir-là ! Comme si quelqu'un avait agi pour que Chloé ne sache jamais que je lui ai menti. Il y a peut-être un **ange gardien** qui s'occupe de moi quelque part... qui sait.

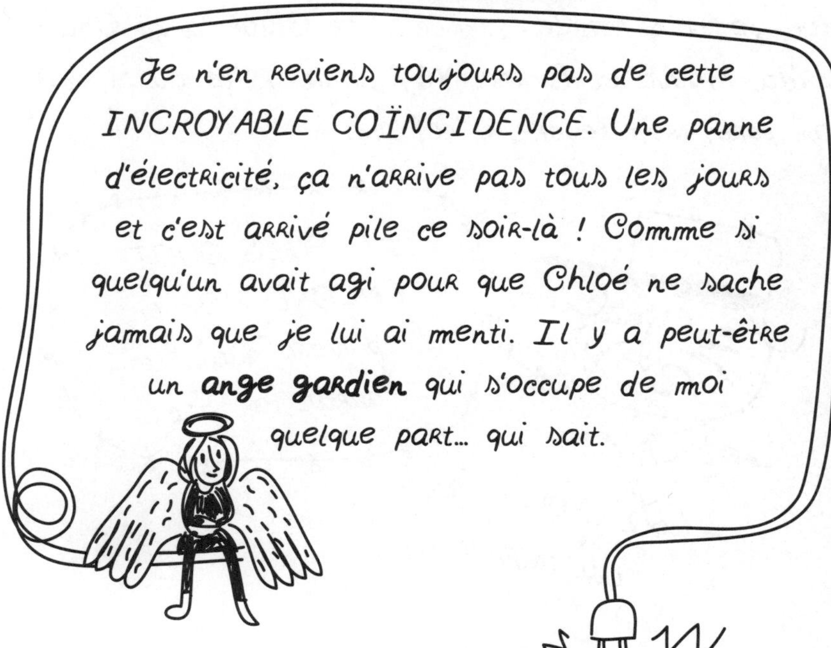

à 23 h 00, tout le monde était parti. Même **THÉO** que le père de Vincent a ramené chez lui puisque son scooter est au garage. (Le moteur a grillé après que quelqu'un a versé de la limonade à l'intérieur du réservoir.)

Moi, je suis restée dormir chez Chloé avec Charly, Linda, Maeva et Blaise. Yûji était invité aussi, mais son père, trop sévère, a refusé.

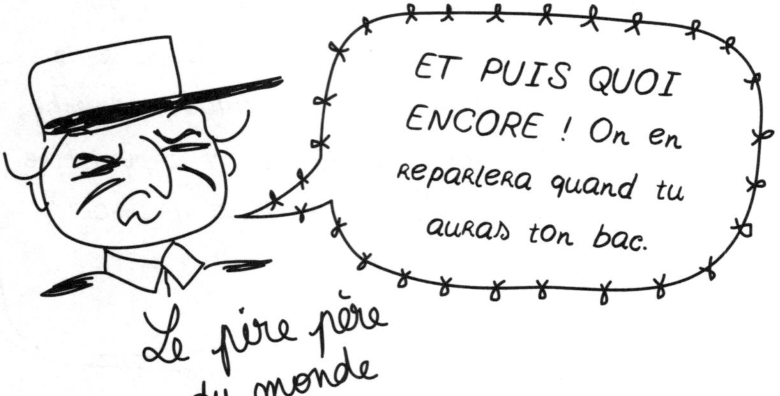

Même si Yûji nous a manqué, c'était vraiment super. Un peu comme une colo, mais uniquement avec des gens sympas. Et, surtout, sans animateurs pour te dire toutes les cinq minutes que tu dois te taire et dormir. Comme il faisait bon dehors et qu'aucun d'entre nous n'avait encore jamais **dormi à la belle étoile**, on s'est allongés dans l'herbe du jardin et on a décidé de passer la nuit là. Avec la pleine lune juste au-dessus de nous, c'était vraiment magique.

Le truc c'est qu'on n'avait pas pensé au déclenchement de **l'arrosage automatique** à cinq heures du matin. On a été aspergés en plein sommeil. Ça a été la panique mais on a bien rigolé.

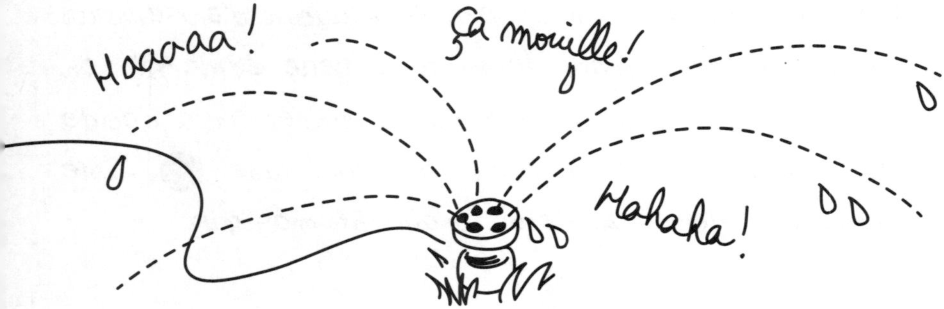

Quand je suis rentrée au petit matin, Tante Sophie ne s'est aperçue de rien. Normal, elle était en train de repasser sa nouvelle nuisette léopard en regardant un documentaire sur les taupes.

Cerveau dérangé

AU SECOURS L'ENNUI...

Sans faire de bruit, je me suis remise en pyjama et je me suis glissée sous les draps près d'Eva qui dormait toujours. Et hop, ni vue ni connue !

J'ai fermé les yeux et l'image de **THÉO** ♥ et moi derrière le rideau m'est revenue. Surtout qu'entre deux baisers, je n'en suis pas sûre à cent pour cent, mais je crois bien qu'il a soufflé :

Et dire que J'AI BIEN FAILLI NE PAS ALLER À CET ANNIVERSAIRE !

Bienvenue
à la maison
Bienvenidos
Welcome
Benvenuto
Willkommen

Papa et maman sont enfin rentrés. Mamina va bien mais elle doit se reposer en maison de convalescence pendant quelques semaines. Les parents ont donc ramené **CROÛTE** à la maison.

Je ne vous dis pas la tête de Nounouche ! À peine débarrassée de Fabien, elle se retrouve à devoir cohabiter avec un autre spécimen canin. Et, lui, il n'est pas amorphe comme le chien de tante Sophie. À mon avis, ça va être FOLKLO.

En parlant de Nounouche, papa ne l'a pas reconnue tout de suite. Il a même voulu la chasser. Il l'avait prise pour un chat errant qui s'était introduit chez nous.

Il faut dire que les poils de Nounouche ont drôlement éclairci, ces derniers jours. L'après-shampoing que lui appliquait tante Sophie pour nourrir son pelage était en fait une GELÉE ÉCLAIRCISSANTE.

Maman, elle, a failli avoir une crise cardiaque en voyant la tête de son bonsaï. Depuis que je l'ai arrosé avec la décoction imbuvable de Guillaume, le prof de yoga, il a perdu toutes ses feuilles.

Avant qu'elle nous fusille du regard d'un air accusateur, j'ai tout mis sur le dos de Fabien.

Maman était FURIEUSE contre Fabien et donc contre tante Sophie. Ça a provoqué une dispute avec papa.

Eh bien tu n'as qu'à avoir une sœur plus SAINE D'ESPRIT, Jean !

MAMAN

PAPA

AH D'ACCORD, Sonia, on en est là ! Est-ce que je parle des frasques de ton père, moi ?!

Ah non hein, pas touche à mon **PÉPÉ GASTON** ♥ !

En tout cas, je crois que cette fois, c'est bon : **On ne sera PLUS JAMAIS gardées par notre tante léopard.**

YOUPI !

Petits dégâts DOMESTIQUES

VASE CASSÉ SUITE À UN TOURNOI DE BASKET EN APPARTEMENT (le vase ayant servi de panier).

C'est le chat qui a foncé dedans en pourchassant une mouche.

TACHES MARRON SUR LE CANAPÉ APRÈS DISPUTE POUR LA DERNIÈRE CUILLÈRE DE PÂTE À TARTINER.

On voit très bien que ce sont des traces de pattes du chien ! Il a encore dû marcher dans sa crotte.

à mettre SUR LE DOS d'un animal de compagnie

TRINGLE PAR TERRE APRÈS AVOIR JOUÉ À TARZAN QUI SAUTE DE LIANE EN LIANE AVEC LES RIDEAUX DU SALON.

Quand le chat a fait ses griffes sur le rideau, tout s'est écroulé.

DISPARITION DU RESTE DE CACAHUÈTES.

Mais bien sûr que ça existe, les hamsters voleurs !

Bon, là, c'est un peu plus difficile à croire, mais ça se tente.

MALAISE AU CLOS DES SIRÈNES

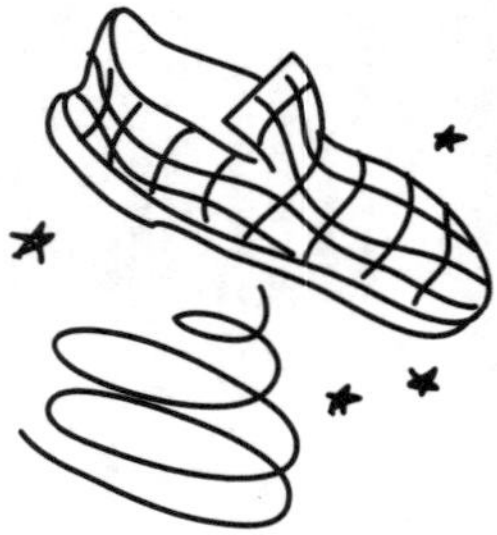

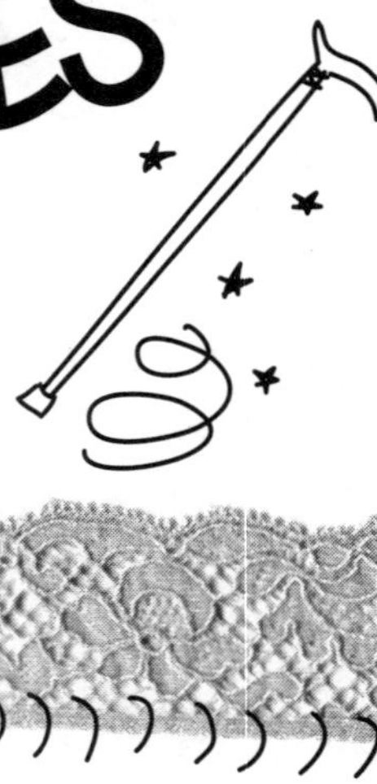

Alors qu'elle était dans l'ascenseur avec **PÉPÉ GASTON**, Mamie Linette a fait un malaise.
Comme d'habitude ces deux-là se hurlaient des mots pas sympas dans les oreilles quand, soudain, elle s'est évanouie. Sûrement à cause de sa **grève de la faim**.

Pépé a appuyé sur le bouton d'alarme et, en attendant les secours ✚, il a essayé de lui faire manger de force des gaufrettes à la praline. Mais, comme Linette était inconsciente, ça n'a pas marché.

Maintenant, Linette est consignée dans sa chambre, le temps de reprendre des forces. Elle a stoppé net sa grève de la faim et recommence à manger normalement.

Du coup, **PÉPÉ GASTON** a arrêté son **zèle de la faim.** Ce qui est aussi une bonne nouvelle, car l'infirmière m'a transmis son dernier bilan sanguin et son taux de glycémie a grimpé en flèche.

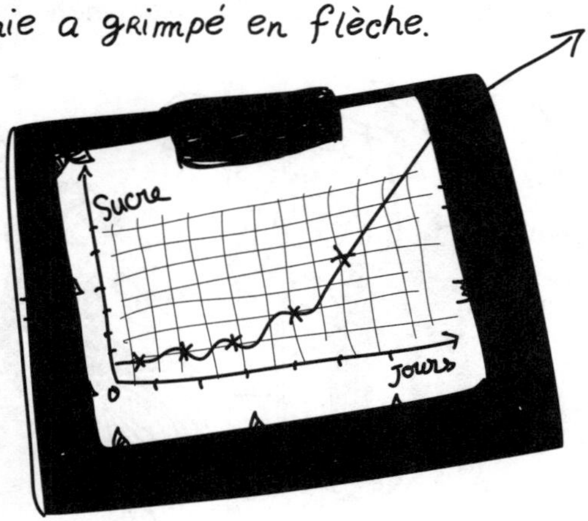

Oh, le vilain menteur...

Sucre à gogo !
Madeleines
Corbeille de la chambre de pépé
SACRÉ PÉPÉ !

Eva zozote de plus en plus. Depuis quelques jours, elle met carrément des Z dans tous les mots.

CATASTROPHIQUE !

Si ça continue, les phrases de ma petite sœur ne seront plus que de longs ZoZotements.

Je ne veux incriminer personne, mais je me demande quand même si le TRAUMATISME d'avoir passé une semaine avec tante Sophie n'y est pas pour quelque chose ?

Les nerfs en pelote

Je ne sais pas si c'est d'avoir mal dormi pendant une semaine sur le balcon de Mamina ou à cause de la mort subite de son bonsaï chéri, mais depuis qu'elle est rentrée, maman est **SUPER TENDUE**. Elle s'énerve pour un rien.

Et quand maman est à cran, en général, ça donne ça :

1 Elle se jette sur le sucre.

2 Elle culpabilise.

3 Elle s'énerve ENCORE PLUS.

Là, elle parle de ses filles (alors qu'en toute objectivité, on est des anges !).

4 Elle se jette sur le sucre ENCORE PLUS.

Bouteilles de sirop d'érable bues cul sec.

5 Elle culpabilise ENCORE PLUS.

Là, elle parle d'elle-même.

6 Elle impose, À TOUTE LA FAMILLE, une cure de légumes verts qui dure un mois.

Bref, une vraie galère !

Heureusement, cette fois, on échappe à la cure de légumes verts grâce à Martine Vanier. Pour que sa copine (maman) retrouve son calme intérieur, elle a demandé à Guillaume de venir donner **un cours de yoga** dans notre salon ce dimanche.

Et, pour être sûre du résultat, elle a commandé une séance de TROIS HEURES !

En ce qui me concerne, cette (mauvaise) nouvelle ne m'a fait ni chaud ni froid. Car, personnellement, dimanche je ne serai pas disponible. Eh oui, j'ai un ÉNORME devoir maison sur les fleuves d'Europe à faire avec Maeva pour lundi et on a prévu d'y travailler tout le week-end chez elle. **Enfin, ça, c'est la version officielle...** Héhé !

Love forever...

En rentrant du collège, j'ai trouvé Kevin devant chez moi.

Il avait l'air TELLEMENT paniqué que j'ai cru qu'il allait m'annoncer un truc VRAIMENT grave, genre le kidnapping de toute sa famille ou le début d'une nouvelle guerre mondiale. Mais pas du tout.

*Voir le tome 6 de mon journal.

Je m'apprêtais à trouver dix mille excuses pour refuser lorsqu'il a ajouté :

Et en échange, tu pourras me demander CE QUE TU VEUX.

Alors j'ai dit OUI.

Car L'ANNIVERSAIRE DE PÉPÉ GASTON approche à grands pas et j'ai une idée de surprise à lui faire. Mais, pour la mettre en oeuvre, ça ne va pas être de la tarte et Kevin pourrait bien m'être d'une aide précieuse...

À BIENTÔT...

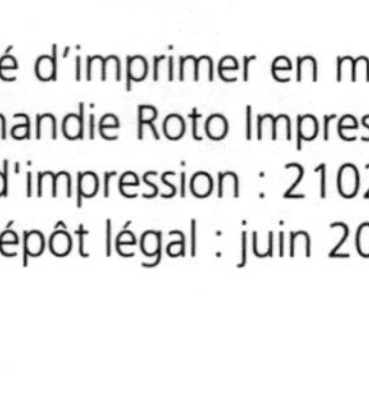

Achevé d'imprimer en mai 2021
par Normandie Roto Impression s.a.s.
N° d'impression : 2102319
Dépôt légal : juin 2021

Imprimé en France